# Triage

# Triage

Andrea Hundsdorfer

Bibliographische Information der Deutschen Bibliothek:
Die Deutsche Bibliothek verzeichnet diese Publikation in
der Deutschen Nationalbibliographie; detaillierte
bibliographische Daten sind im Internet über
http//dnb.ddb.de abrufbar.

Originalausgabe: 2022
Copyright: 2022 Andrea Hundsdorfer
Herstellung und Verlag: BoD - Books on Demand,
Norderstedt
ISBN: 9783756839025

# Chronologie einer Pandemie

31.12.2019 China meldet eine unbekannte Lungenkrankheit an die WHO

07.01.2020 Neuartiges Corona Virus wird entdeckt

11.01.2020 Erstes Todesopfer in China

27.01.2020 Virus kommt nach Deutschland

11.02.2020 Virus erhält einen Namen

08.03.2020 erstes Todesopfer in Deutschland

11.03.2020 WHO spricht von Pandemie

02.04.2020 über 1. Mill. Corona Fälle weltweit

15.01.2021 mehr als 2 Mill. Corona Fälle

22.01.2021 mehr als 50.000 Menschen an oder in Verbindung mit Sars-CoV-2 Infektion gestorben

## 1997

»Der traut sich eh nicht!«

Mike stieß ein höhnisches Lachen aus und wandte sich um. Gemeinsam mit seinen Kumpeln Carsten und Bernd, wie immer in seinem Schlepptau, verließ er den Raum, ohne sich noch einmal umzudrehen. Allein die Darbietung seines Rückens signalisierte Verachtung pur. Ich blieb allein im Klassenzimmer zurück. Die Handtasche unserer Lehrerin stand, wie in jeder großen Pause, auf der Sitzfläche des Stuhls an ihrem Pult. Frau Keberling führte Pausenaufsicht und würde den Raum erst kurz vor Beginn der nächsten Stunde wieder betreten. Ich hatte also gut zwanzig Minuten Zeit, die von Mike gestellte Mutprobe zu erfüllen, um endlich in seine Clique aufgenommen zu werden. Doch noch immer zögerte ich. Ich wollte unbedingt dazugehören, aber war die Sache es wirklich wert, dafür die Geldbörse von Frau Keberling zu stehlen? Was, wenn sie unerwartet zurückkam? Ich schlich hinüber zu den Fenstern und spähte, hinter der Gardine versteckt, auf den asphaltierten Schulhof unserer Grundschule. Dort stand sie und ließ ihren aufmerksamen Blick über die ihr anvertrauten Schüler schweifen. Plötzlich richtete meine Lehrerin ihren Blick hinauf zu den Klassenzimmern. Ich schnellte erschrocken zurück. Hatte sie mich gesehen?

»Der traut sich eh nicht!«, hallten Mikes Worte in meinen Ohren. Wie ferngesteuert stakste ich Richtung Pult und öffnete die Handtasche. Ich entnahm das Portemonnaie, riss, ohne darauf zu achten, um wie viel Geld es sich handelte, alle Scheine heraus und stopfte sie mir tief in die Tasche meiner alten Jeans.

Den Rest der Pause verbrachte ich auf dem Klo. Mein Magen rumorte und ich hatte das Gefühl, mich jeden Moment übergeben zu müssen. Die Geldscheine glühten förmlich in meiner Hosentasche. Ich wollte sie so schnell wie möglich loswerden. Ich würde sie Mike zeigen und in der nächsten Pause wieder zurückbringen. Damit sollte ich meine Mutprobe doch wohl bestanden haben, oder?

Mit dem ersten Klingeln verließ ich die Toilette und rannte auf den Hof.

»Harald, alles in Ordnung mit dir?« Die Stimme von Frau Keberling ließ mich erstarren. Schon spürte ich ihre Hand auf meiner Schulter.

»Hey, du bist ja ganz blass. Geht es dir nicht gut?«

»D... doch«, stammelte ich.

In diesem Moment tauchten Mike und seine Kumpanen hinter ihr auf.

»Alles in Ordnung, wirklich«, stieß ich hervor und bekam sogar ein Lächeln zustande.

»Gut, dann ab mit dir in die Klasse.«

Ich nickte und spurtete los. Die ganze Stunde über musste ich an die leere Geldbörse in der Handtasche meiner Lehrerin denken.


»Lass sehen!«, forderte Mike mich in der nächsten großen Pause auf, die ich mir sehnlichst herbei gewünscht hatte. Ich zerrte die zerknitterten Geldscheine aus der Hosentasche hervor und hielt sie ihm hin. Ohne diese näher in Augenschein zu nehmen, stopfte er sie umgehend in seine Tasche.

»I... ich wollte sie jetzt gleich zurückbringen, bevor ...«

»Zurückbringen?« Mike schaute Carsten und Bernd an, die hämisch grinsten.

»E... es sollte do... doch nur eine Mutprobe sein.«

7

»Du solltest das ganze Portemonnaie stehlen. Wie kann ich sicher sein, dass das Geld tatsächlich von Frau Keberling stammt?«

Mike baute sich breitbeinig vor mir auf. Carsten und Bernd bezogen rechts und links neben ihm Stellung, die Arme vor der Brust verschränkt.

»Ich... es... ist nicht meins.«

»Gut, dann warten wir ab.«

»WAS?«

»Nun, wenn du die Wahrheit sagst, werden wir das ja wohl ziemlich bald erfahren.«

»Da... das war so nicht abgemacht«, nahm ich all meinen Mut zusammen.

Schon bekam ich Mikes Zeigefinger zu spüren, dessen Kuppe er mir bei jedem Wort mit voller Wucht gegen das Brustbein stieß.

»Die Regeln bestimme immer noch ich! Ist das klar?«

Ich nickte. Was sonst hätte ich tun können?

Mike verpasste mir eine derbe Kopfnuss, dann ließ er mich einfach stehen. Die letzten beiden Schulstunden an diesem Freitag verbrachte ich in einer Art Schockstarre, die sich erst mit dem Ertönen der Schulglocke am Ende der sechsten Stunde löste.

Die Glocke unserer Haustür riss mich am frühen Samstagmorgen aus dem Schlaf. Eine mir wohlbekannte Stimme erfüllte den Flur. Nicht leise und wohlwollend, wie ich sie aus dem Unterricht kannte, sondern schrill und ungehalten schallte sie die Treppe hinauf bis an die Tür meines Kinderzimmers. Dann hörte ich die polternden Schritte meines Vaters auf den Stufen und kurz darauf sein forderndes Klopfen.

Ich war vor Panik wie erstarrt. Wie hatte meine Klassenlehrerin es herausgefunden? Hatte Frau Keberling mich doch am Fenster entdeckt und eins und eins zusammengezählt? Oder hatte Mike mich verpfiffen?

Niemals werde ich den Gesichtsausdruck meiner Eltern vergessen. Die Wut meines Vaters, die Scham und das Unverständnis meiner Mutter. Ich weiß nicht, was mich mehr kränkte. Ihr Schweigen und ihre stillen Tränen oder das Brüllen meines Vaters und das Brennen seiner Ohrfeige auf meiner Wange. Ich hatte beides nicht verdient. Doch jegliche Erklärungsversuche meinerseits wurden abgeblockt und im Keim erstickt. Statt Verständnis und Unterstützung erfuhr ich Ablehnung. Statt eines klärenden Gesprächs, hagelte es Vorhaltungen und Strafen.

Mein Martyrium beschränkte sich natürlich nicht nur auf mein Elternhaus. Frau Keberling sorgte dafür, dass, mit Beginn der neuen Woche, alle an der Schule über meine vermeintliche Missetat informiert waren. Von diesem Montag an war jeder Schultag ein Spießrutenlauf für mich. Niemand wollte mehr neben mir sitzen oder etwas mit mir zu tun haben. Auf dem Schulhof machten alle einen großen Bogen um mich, beim Sport wählte mich keiner in seine Mannschaft. Mein letztes Grundschuljahr war die Hölle.

## Erstes Kapitel

Ivonne Holtkämper hatte sich infiziert. Das E-Bike Virus hatte die junge Kommissarin voll erwischt. Es hatte lediglich drei weitere Radtouren mit dem befreundeten Pathologen Florian Häusler gebraucht, um sie davon zu überzeugen, sich ebenfalls ein Pedelec anzuschaffen. Florian, der ihr dies bereits nach der ersten Probefahrt prophezeit hatte, grinste breit, verkniff sich aber ein: »Hab ich´s doch gewusst!« Gemeinsam hatten sie ein geeignetes Tourenrad in passender Rahmenhöhe und bequemer Federung ausgesucht, das nun in einer kleiner Holzhütte im Vorgarten der alten Stadtvilla untergebracht war, in dessen zweiten Etage Ivonne wohnte. Lothar und Heinrich – ebenfalls Bewohner des Hauses – hatten diesen Fahrradunterstand einer Scheune nachempfunden und ihr gesamtes handwerkliches Geschick in dieses Projekt gesteckt. »So ´ne neumoderne 08/15 Metallbox kommt uns jedenfalls nicht in unseren schönen Vorgarten«, hatten sie beide einhellig gemeint und sich nicht von ihrer Idee abbringen lassen. Zu Recht, wie auch Ivonne als jüngste Bewohnerin des ausschließlich von Rentnern bewohnten Stadthauses fand. Ein einfacher grauer Metallquader hätte zwar den gleichen Zweck erfüllt, dabei aber den liebevoll gestalteten Vorgarten verschandelt und das ästhetische Straßenbild der aneinandergereihten Stadtvillen aus der Gründerzeit komplett ruiniert.

Die beiden Nachbarn wollten sogar eine Steckdose zum Laden des Akkus installieren, aber Florian konnte die beiden Herren davon überzeugen, dass dies nicht notwendig wäre.

Den Akku des E-Bikes würde Ivonne ohnehin immer mit in ihre Wohnung nehmen, damit dieser nicht allzu großen Temperaturschwankungen ausgesetzt war und damit an Lebensdauer einbüßte.

Der Clou der Fahrradhütte war unangefochten die Gleitschiene, die Heinrich, der ewige Tüftler, aus einem alten Dachträger konstruiert hatte. So blieb Ivonne ein umständliches rein- und rauskrabbeln in den Unterstand erspart, denn sie konnte das E-Bike samt Schiene hineinschieben oder hervorziehen.

Ivonne war den beiden Pensionären dankbar. Und das bei weitem nicht nur, weil ihr durch den Einsatz der beiden das tägliche Rauf- und Runtertragen des schweren E-Bikes aus dem Keller erspart blieb. Ihr letzter Fall hatte die Ermittlerin in eine lebensgefährliche Situation gebracht, aus der sie nur aufgrund der Hartnäckigkeit und des beherzten Eingreifens ihrer Nachbarn gerettet werden konnte. Für den Pathologen Florian, mit dem Ivonne durch puren Zufall gemeinsam an diesem Fall gearbeitet hatte, wäre es ebenfalls fast zu spät gewesen, denn auch er geriet in die Hände des Täters. Das alles lag nun schon gut fünf Monate zurück. Doch noch immer suchten Ivonne Alpträume heim und ließen sie schweißgebadet aufwachen, aufgeschreckt durch ihre eigenen Schreie.

Diese Träume drehten sich sonderbarerweise nie um ihre eigenen Erlebnisse, denn diese schlummerten tief verborgen in Ivonnes Unterbewusstsein, verdrängt und geschützt durch den Schutzschild einer kurzzeitigen Amnesie. Sie hatte von dem Überfall auf sich und den Vorfällen in ihrer Wohnung keine wirkliche Erinnerung behalten. Diese Minuten waren aus ihrem Gedächtnis gelöscht.

Was Ivonne dagegen immer wieder durchlebte, waren die Ereignisse, die sich in der alten Lagerhalle abgespielt hatten, in der es letztendlich zum Showdown zwischen der Polizei und dem Täter gekommen war. Nach erfolgreicher Beendigung ihres ersten Cold Cases war Ivonne mit ihrem Vorgesetzten übereingekommen, dass sie weiterhin in diesem Bereich tätig sein würde, sofern sie nicht für aktuelle Fälle angefordert wurde. Gerade die Bearbeitung alter Fälle reizte Ivonne.

Ihr Antrieb war, den Hinterbliebenen der Opfer Gewissheit zu verschaffen, damit diese zumindest ihren Frieden finden konnten. Kein Mord, kein Verbrechen sollte nach Ivonnes Auffassung ungesühnt bleiben. Da Mord niemals verjährte, würde sie die Täter zur Verantwortung ziehen, und sei es auch erst Jahre später.

Heute Morgen hatte ihr Vorgesetzter sie in sein Büro gerufen und ihr eine Aufstellung mit Namen überreicht. Diese Liste war anonym bei der Polizei abgegeben worden und hatte ihren Weg ins Morddezernat gefunden. Das Dokument war eine einzige DIN A4 Seite mit dem Briefkopf der St. Ursula Klinik. Deshalb ging man davon aus, dass es sich um Patienten der Kliniken handelte.

Die Aufstellung umfasste den Namen, das Geschlecht, das Alter sowie das jeweilige Datum des Todes. Diese lagen alle relativ nahe zusammen in einem Zeitraum von nur wenigen Wochen. In den letzten drei Spalten der Tabelle waren jeweils unterschiedliche Kürzel vermerkt: I, II, III, Cov, ECMO. Ivonne runzelte die Stirn. Was hatten diese Abkürzungen zu bedeuten? Was sollte sie mit diesen dürftigen Informationen anfangen? Wem hatten sie diese Information zu verdanken? Wer hatte sie ihnen zukommen lassen und warum auf diesem anonymen Weg?

War es ein Whistleblower aus der Klinik, der auf Missstände hinweisen wollte? Ein Angehöriger eines der Verstorbenen? Oder vielleicht der Täter selbst? Was beabsichtigte oder erhoffte sich der Absender? Auf diese Fragen galt es Antworten zu finden, um das Rätsel der Namensliste zu lösen.

Fünf Minuten später verließ Ivonne das Büro ihres Chefs mit der Aufgabenstellung, sich der Sache anzunehmen und zu recherchieren, ob es sich bei dem anonymen Hinweis um eine brisante Information handelte. Danach würde man entscheiden, ob man der Spur nachging und entsprechende Ermittlungen aufnahm oder nicht.

## 2000

Aufgrund meines miserablen Abschlusszeugnisses blieb mir der Zugang zum Gymnasium verwehrt und ich landete auf der Hauptschule, der Resterampe des deutschen Bildungssystems. Das allein wäre nicht so schlimm gewesen, doch der Makel des vermeintlichen Diebstahls klebte an mir, wie frische Hundekacke an einer Schuhsohle. Auf welchem Wege auch immer, hatte diese Information mit mir zusammen die Schule gewechselt. Es war, als klebe ein Zettel mit dem Wort »Dieb« für alle sichtbar auf meiner Stirn.

Bereits vom ersten Schultag an erlebte ich auch an der neuen Schule das gleiche Spiel, sah mich derselben Ablehnung, demselben Misstrauen gegenüber, bis ich beschloss, etwas zu ändern. Wenn mich ohnehin alle – Lehrer wie Klassenkameraden – für einen Dieb hielten, dann sollten sie verdammt nochmal Recht behalten.

Ich ließ alles mitgehen, was nicht niet– und nagelfest war, unabhängig davon, ob ich es gebrauchen konnte oder nicht. Der Nervenkitzel, den ich jedes Mal dabei empfand, gab mir den Kick, berauschte mich wie eine Droge. Ich wurde süchtig nach der Anspannung, die ich dabei empfand und meine Taten zunehmend dreister.

Doch bald reichte mir auch das nicht mehr, um meine Ohnmacht gegenüber der Ungerechtigkeit, die ich erfahren hatte, zu betäuben. Ich begann, Dinge zu beschmieren oder sinnlos zu zerstören. Ich zerkratzte wahllos Kotflügel und schmiss die Scheiben von Bushaltestellen ein. Kein Mülleimer, keine Parkbank war vor meiner Zerstörungswut sicher. Ich legte eine steile Karriere hin.
Natürlich nicht so wie sich meine mittlerweile völlig überforderten und desillusionierten Eltern es sich gewünscht hätten, aber diesen Schuh sollten die beiden sich gefälligst selbst anziehen.

Im sogenannten Y2K, dem Jahr des Jahrtausendwechsels, schmeckte ich zum ersten Mal den metallenen Geschmack von frischem Blut auf meinen Lippen und spürte das heftige Pulsieren meiner Halsschlagader. Ansonsten nahm ich nicht wahr, was um mich herum geschah. Hörte keine Polizeisirene, keine Hilfeschreie, nichts. Ich war gefangen in einem Tunnelblick mit rotem Schleier. Das Adrenalin, das in diesem Moment durch meinen Körper rauschte, betäubte jedwede Angst, vertrieb jegliches Gewissen und machte mich unempfindlich gegenüber Schmerzen.

Denn auch ich hatte Schläge einstecken müssen, bei der Prügelei, die hinter der Turnhalle der Hauptschule stattfand, die ich seit mittlerweile drei Jahren mehr oder weniger regelmäßig besuchte.

Doch jetzt teilte ich nur noch aus. Meine Fäuste hieben unaufhörlich auf meinen bereits völlig wehrlosen Gegner ein. Ich war wie von Sinnen, nicht in der Lage, von selber aufzuhören, bis zwei kräftige Hände mich an den Schultern packten und mich endlich von meinem am Boden liegenden Opfer zerrten. Noch ein Fausthieb, ein weiterer Tritt und aus schwerer Körperverletzung wäre vielleicht Totschlag geworden.

## Zweites Kapitel

Als erstes ließ Ivonne die zehn Namen, die auf dem anonymen Hinweis aufgeführt waren, durch den Polizeicomputer laufen. Keiner der Toten war aktenkundig, trotzdem war diese Überprüfung keine Zeitverschwendung für die Kommissarin. Galt es doch herauszufinden, ob es zwischen den Toten irgendeine Verbindung oder Gemeinsamkeiten gab. Die Aufstellung umfasste vier Frauen und sechs Männer zwischen fünfundvierzig und fünfundsiebzig Jahren. Alle wohnten im Umkreis von hundert Kilometern rund um die Klinik. Auf den ersten Blick hatten sie ansonsten nichts gemein. Ivonne scannte die Aufstellung, speicherte sie in einem neuen Ordner auf ihrem Laptop und machte sich auf den Heimweg. Morgen würde sie sich weiter mit den Namen beschäftigen und zu jeder Person auf der Liste ein Dossier erstellen. Vielleicht fanden sich so Parallelen zwischen den Toten, die auch den ersten Blick nicht zu erkennen waren.

»Hast du einen neuen Fall?« Florian beugte sich kurz über die Rücklehne des Sofas, auf dem Ivonne es sich mit dem Laptop auf dem Schoß gemütlich gemacht hatte. Er gab Ivonne einen flüchtigen Begrüßungskuss auf die Wange, bevor er sich auf den Weg in die Küche machte, um die mitgebrachten Einkäufe auszupacken.

»Ist noch nichts Konkretes, nur eine auffällige Häufung von Todesfällen in einer Klinik.«

Ivonne sagte es beiläufig und doch wusste sie, dass sie spätestens jetzt die volle Aufmerksamkeit des Pathologen errungen hatte. Keine zwei Sekunden später saß Florian neben ihr auf dem Sofa und schaute wissbegierig auf den geöffneten Bildschirm.

»Dachte ich es mir doch«, meinte die Ermittlerin grinsend und überließ Florian bereitwillig ihren PC, während sie ihn über die Herkunft und die bisherigen Ergebnisse ihrer Recherche informierte. Dabei betrachtete sie ihn von der Seite. Von den Gesichtsverletzungen, die Florian erlitten hatte, während er in der Gewalt des Täters gewesen war, war nichts mehr zu sehen. Knochenbrüche hatte es zum Glück keine gegeben. Die Schwellungen und blauen Flecken waren verschwunden. Einzig eine winzige Narbe, versteckt in der linken Augenbraue, hatte Florian als Zeugnis für die brutalen Schläge übrig behalten, denen er während der Geiselnahme ausgesetzt gewesen war. Ivonne schob behutsam eine seiner widerspenstigen braunen Haarsträhnen zur Seite und strich zärtlich über seine Wange, was Florian mit einem Kuss auf ihre Fingerkuppen erwiderte, ohne jedoch seinen Blick vom Bildschirm zu lösen. Konzentriert betrachtete er die Aufstellung.

»Das ist tatsächlich eine ungewöhnliche Häufung, wobei es ...«

»Was?«

»Die Kürzel in den letzten Spalten geben Aufschluss darüber, woran der Patient erkrankt war und welche Maßnahmen ergriffen wurden.«

»Ich kann mit den Hieroglyphen nichts anfangen«, gestand Ivonne. »Könntest du mich bitte aufklären?«

»Na klar. Also, Cov steht für Covid. Die Patienten auf der Liste waren alle an Corona erkrankt und die Behandlung erfolgte mit einem ECMO Gerät.«

»Was genau ist ein ECMO Gerät?«

»Die Abkürzung steht für extrakorporale Membranoxygenierung.«

»Aha, und jetzt bitte für nicht medizinisch ausgebildete Laien.«

»Es ist ein System, das eingesetzt wird, wenn der Patient nicht mehr alleine atmen kann.«

»Also, ein Beatmungsgerät?«

»Sorry, ich habe mich falsch ausgedrückt, denn das trifft es nicht ganz. Es ist keine Apparatur, die den Patienten bei dessen Atmung unterstützt, sprich Sauerstoff in die Lunge pumpt. Ein ECMO übernimmt den kompletten Gasaustausch zwischen Sauerstoff und Kohlendioxid, der normalerweise in der Lunge stattfindet, und zwar außerhalb des Körpers. Eine künstliche Lunge, wenn du so willst.«

»Und das funktioniert?«, fragte Ivonne erstaunt. Mit einigen Klicks öffnete Florian eine neue Seite im Internet, vergrößerte die Abbildung, die er dort gefunden hatte und hielt ihr den Bildschirm hin.

»Für die Behandlung mit einem ECMO werden dem Patienten zwei ziemlich dicke Kanülen in die größten Körpervenen eingeführt.«

Ivonne schüttelte sich allein bei dem Gedanken an diese sicherlich schmerzhafte Prozedur, doch Florian fuhr unbeirrt und sachlich fort.

»Durch die eine Kanüle fließen circa drei bis fünf Liter Blut pro Minute aus dem Körper in das Gerät. Mittels einer künstlichen Membran findet in dem Oxygenator der Gasaustausch statt. Das frische sauerstoffreiche Blut gelangt dann über die zweite Kanüle wieder in den Körper zurück.«

Die Kommissarin hatte bis dato nur von der Möglichkeit der Blutwäsche mittels Dialyse gehört. Dass auch der lebensnotwendige Gasaustausch außerhalb des Körpers stattfinden konnte war ihr nicht bewusst gewesen und daher eine völlig neue Information.

»Wie lange dauert so eine Behandlung?«, wollte Ivonne wissen. »Ich meine, das hört sich jetzt zwar unkompliziert an, ist aber sicherlich kein Kinderspiel und eine große Belastung für den Patienten.«

»Definitiv«, bestätigte Florian, »die Länge des Einsatzes hängt von der Schwere der Erkrankung ab. Normalerweise zwischen einer und vier Wochen. Aber auf jeden Fall ist der Einsatz eines ECMO das letzte Mittel, das Ärzte einsetzen, die Ultima Ratio sozusagen.«

Er gab ihr den Laptop zurück und begab sich in die Küche, um das Abendessen vorzubereiten. Eine Stunde später machten sie es sich wieder auf Ivonnes breiter Couch gemütlich.

»Wie seid ihr an diese Liste gekommen?«, nahm Florian den Faden des Gespräches wieder auf.

»Sie wurde anonym bei uns abgegeben.«

»Trotzdem geht ihr dem Hinweis nach?«

»In diesem Fall schon, denn wir gehen davon aus, dass er von einem Insider kam.«

»Du meinst einem Whistleblower?«

»Das ist zumindest bis jetzt unsere These. Ich habe die Liste erst seit heute. Sie könnte uns natürlich von einer ganz anderen Seite aus zugeschickt worden sein. Dazu müssten wir die Beweggründe wissen, aber dazu schweigt die Liste leider beharrlich.«

»Ist das Papier und der Umschlag von der KTU untersucht worden?«, fragte Florian, was Ivonne ein Grinsen entlockte.

»Natürlich, du Sonderermittler in Teilzeit«, meinte sie scherzhaft. »Noch habe ich nicht alle Ergebnisse, aber wenn es Fingerabdrücke oder sonstige verwertbare DNA-Spuren gibt, werden wir sie finden.«

»Dann müsst ihr nur noch Glück haben, dass es einen Treffer in eurer Datenbank gibt.«

»Tja, dann hätten wir wirklich leichtes Spiel, aber ich gehe davon aus, dass es nicht dazu kommen wird. Ich würde mein halbes Monatsgehalt darauf verwetten, dass der Hinweis direkt aus der Klinik kommt. Und da eine Krähe der anderen ...«

»Moment, Moment«, unterbrach sie Florian, doch Ivonne brachte ihren Satz unbeirrt zu Ende.

» ... kein Auge aushackt, bin ich mir fast sicher, dass er aus den Reihen des Pflegepersonals stammt.«

»Die stehen jedenfalls in vorderster Front und bekommen am meisten mit«, musste selbst Florian zugeben. »Trotzdem trauen die sich kaum an die Öffentlichkeit, wenn es darum geht, Missstände aufzudecken, denn dann gelten sie als Nestbeschmutzer. Und die mag bekanntlich niemand. Entweder wird ihnen kurz danach gekündigt oder das Leben so zur Hölle gemacht, dass sie schließlich von selbst das Handtuch werfen.«

»Ich frage mich«, sagte Ivonne, »wofür die römischen Ziffern stehen.« Sie tippte auf die entsprechende Spalte der Tabelle, in der entweder ein I, ein II oder ein III vermerkt waren.

»Da es sich um Covid Patienten handelte, könnte ich mir gut vorstellen, dass diese Zahlen den Impfstatus widerspiegeln. Erst-, Zweit- und Booster- Impfung«, meinte Florian.

»Um deine Aussage zu verifizieren, müsste ich in der St. Ursula Klinik nachfragen.«

»Und dann gleich erklären, wie du an die Liste gekommen bist.«

»Stimmt. Und gerade das soll und möchte ich tunlichst vermeiden.«

»Ich horche mal bei uns in der Klinik nach, ob wir den Impfstatus der Patienten in dieser Weise erfassen«, bot Florian an.

## 2004

Ich schaute nicht auf, als sich die Tür des Vernehmungsraumes öffnete. Ich kannte das Spiel zur Genüge. Die Figuren mochten wechseln, aber der Ablauf blieb immer derselbe. Meine Polizeiakte, die mittlerweile einen stattlichen Umfang erreicht hatte, wurde auf die fleckige Resopalplatte des Tisches geknallt, der zuständige Bearbeiter blätterte gelangweilt darin herum, um sie schlussendlich mit einem tiefen Seufzer wieder zu schließen. Es folgte ein immer gleichlautender Appell an meine Vernunft und das Ausmalen meiner düsteren Zukunft, wenn ich nicht endlich die Kurve kriegen würde.

Meist brummte man mir einen Haufen Sozialstunden auf, die ich größtenteils schwänzte oder mich so dermaßen blöd anstellte, dass man mich schon nach kurzer Zeit freiwillig davon erlöste, bevor noch irgendjemand ernsthaft zu Schaden kam. Die Tür war schon ins Schloss gefallen, doch das Aufschlagen der Mappe auf die Tischplatte blieb aus.

Teils aus Neugier, teils aus Langeweile hob ich schließlich den Kopf, um zu sehen, wer dieses Mal die Arschkarte gezogen und meinen Fall an der Backe hatte. Ich verzog mein Gesicht zu einem hämischen Grinsen und schüttelte den Kopf.

Mir gegenüber saß eine junge Frau, vielleicht Anfang, maximal Mitte zwanzig. Jetzt schickten sie schon die Anfänger, wahrscheinlich frisch von der Uni. Sie sagte nichts, sondern sah mich nur an. Okay, ne ganz neue Masche. Meinte sie, sie müsste mich nur lange genug anstarren und ich würde heulend zusammenbrechen? Von welchem Stern kam die denn?

Eine naive Alte mit bravem Pferdeschwanz und Sommersprossen. Sie wird sich ihre hübschen Zähne an mir ausbeißen, dafür werde ich sorgen.

»Wo willst du hin, Harald?«

Hey, die duzte mich einfach, durfte die das? Dann würde ich das ab jetzt auch. Und was war das eigentlich für eine bescheuerte Frage? Weg hier natürlich, raus aus diesem Scheißrevier. Aber ich sagte nichts und starrte nur wütend vor mich hin.

Mann, bring' es endlich hinter dich. Bete die Litanei an Ermahnungen runter und dann lass mich gehen, so wie alle anderen es vor dir auch getan haben, forderte ich dich im Stillen auf.

»Gut, ich gebe dir eine Woche Zeit und dann stelle ich dir dieselbe Frage noch einmal. Vielleicht hast du bis dahin ja eine Antwort.«

Du bist aufgestanden, hast den Stuhl an den Tisch geschoben und den Raum ohne ein weiteres Wort verlassen.

»Hey Bitch, komm zurück!«, schrie ich dir hinterher. »Ich rede mit dir! Was meinst du damit, nächste Woche?«

Der junge Polizeibeamte, der kurz darauf den Raum betrat, zog direkt seine Handschellen aus dem Gürtel. »Brauchen wir die oder benimmst du dich?«

Was wollte der denn jetzt? Durften die das überhaupt? Die Bullen hatten mich noch nie länger als einen Tag hierbehalten. Was ging hier vor sich?

»Wohin willst du?«

Du stelltest tatsächlich erneut dieselbe bescheuerte Frage, wie vor sechs Tagen. Auch wenn sie mich ein ganzes Jahr in dieses beschissene Loch stecken würden, würde mir wahrscheinlich keine passende Antwort einfallen.

Die ganze Woche hatte ich gegrübelt, was du wohl hören wolltest oder ob dir meine Antwort reichen würde, denn sie bestand aus nur einem einzigen Wort.

Da ich schwieg, machtest du dich erneut daran, den Raum zu verlassen, um mich eine weitere Woche schmoren zu lassen.

»Weg«, stieß ich hervor.

»Wie weit?«

»Verdammt weit.«

»Gut, ich werde sehen, was ich tun kann.«

## Drittes Kapitel

**D**ie Ergebnisse der KTU lagen bereits auf Ivonnes Schreibtisch, als sie am nächsten Morgen ins Büro kam. Es waren zwar keine verwertbaren DNA Spuren gefunden worden, aber immerhin hatte der Versender zwei deutliche Fingerabdrücke hinterlassen, die derzeit durch den Polizeicomputer gejagt wurden. Ivonne machte innerlich bereits einen Haken an die Sache, denn sie ging davon aus, dass diese nicht in der Datenbank gespeichert waren. So dumm würde ein mutmaßlicher Täter nicht sein. Gerade wenn er es auf ein Katz und Maus mit der Polizei ankommen lassen wollte. Er würde sich bemühen, nicht mehr als notwendig preiszugeben und sie so lange wie möglich an der Nase herumführen. Ivonne verabschiedete sich mehr und mehr von der These, dass der Whistleblower auch der Täter war und wandte sich den, ihres Erachtens, näherliegenden Personenkreisen zu.

Was würde ein Angehöriger aufgrund der bereitgestellten Information von der Polizei erwarten? Dass Ermittlungen aufgenommen würden? Dass die Klinik verklagt würde? Ivonne schüttelte den Kopf. Auch diese Überlegungen ergaben keinen Sinn. Zum einem stand jedem der Weg frei, eine Klinik auf Schadensersatz zu verklagen, falls er davon ausging, falsch oder unzureichend behandelt worden zu sein. Dazu brauchte es nicht die Polizei, sondern nur das nötige Kleingeld, einen guten Anwalt und einen langen Atem.

Außerdem waren es zehn Namen, die auf der Liste aufgeführt waren. Zehn Erkrankte, die nichts miteinander zu tun hatten und in keinerlei familiärer Verbindung zu einander standen.

Sollten sich tatsächlich Hinterbliebene von zehn Verstorbenen zusammengetan haben, um ... ja, um was zu erreichen? Einen Skandal? Eine öffentliche Anprangerung von Missständen im Gesundheitswesen?

Dafür gab es heute in den verschiedenen Medien und den unzähligen Plattformen genügend andere, weitaus wirksamere Methoden. Ivonne kam mehr und mehr zu der Überzeugung, dass die Information direkt aus der Klinik kam. Und das nicht nur wegen des entsprechenden Briefkopfes. Den könnte jeder halbwegs fähige Hobby-grafiker erstellt haben. Nein, die Liste sollte ein Weckruf sein, eine Aufforderung, genau hinzusehen und tätig zu werden. Und genau das würde Ivonne tun. Sie straffte die Schultern und machte sich an die Arbeit.

Vier Stunden später klappte sie den Laptop wieder zu und rieb sich die Augen. Sie hatte im Internet Informationen zu allen Verstorbenen gesammelt und die Ergebnisse in einer Matrix zusammengefasst.

Die verschiedenen Lebensläufe ergaben keinerlei Übereinstimmungen. Niemand war in der gleichen Klasse oder auf derselben Schule gewesen, alle waren sie unterschiedlichen Berufen nachgegangen. Zehn völlig verschiedene Lebensläufe und null Ansatzpunkte für irgendeine Art von Ermittlungen. War die Häufung wirklich ein purer Zufall? Gab es überhaupt keine Notwendigkeit, tätig zu werden? Sie entschied sich, sich noch ein zwei Tage Zeit zu geben, bevor sie ihren Chef über ihre Ergebnisse informieren würde.

Ebenso beschloss sie, sich heute Abend erneut mit Florian über diesen Fall auszutauschen. Er würde sie mit Feuereifer bei ihrer Arbeit unterstützten, obwohl sie alle Lorbeeren dafür erntete.

Seine Unterstützung bei ihren Ermittlungen war schon fast eine Selbstverständlichkeit geworden, obwohl Ivonne in ihrer bisherigen Laufbahn eher die Einzelkämpferin gewesen war. Durch die Diskussionen und Gespräche, die sie führten, ergaben sich für Ivonne oft wertvolle Hinweise und ließen sie einen Fall aus verschiedenen Blickwinkeln betrachten. Florian ging als Nicht-Ermittler ohne Scheuklappen an jede neue Aufgabe heran. Gerade seiner akribischen Arbeitsweise, der kein Detail entging, war es zu verdanken, dass sie den ersten gemeinsamen Fall gelöst hatten. Ivonnes anfängliche Bedenken, dass sie sich danach aus den Augen verlieren würden, war vollkommen unberechtigt gewesen.

**2009 Abschluss**

Stolz hielt ich meinen Gesellenbrief in der Hand und lächelte in die Kamera des Fotografen, der dieses Ereignis für den lokalen Anzeiger festhalten sollte. Hinter mir lagen fünf lange Jahre lernen, fluchen, Schweiß und Tränen, Ängste, Verzweiflung und Rückschläge. Allein das erste Jahr hatte ich gebraucht, um mir den Stoff für einen halbwegs passablen Hauptschulabschluss in die Birne zu hämmern. Doch das reichte meinem ehrgeizigen Ausbilder nicht und so schickte er mich parallel zur Ausbildung zum Mechatroniker auch noch auf die Abendschule, damit ich die mittlere Reife erlangen konnte.

»Du bist nicht blöd, höchstens faul«, lautete sein Credo. Und tatsächlich packte mich irgendwann der Ehrgeiz, es nicht nur zu schaffen, sondern meine Sache richtig gut zu machen. Auf dem Weg zurück zu meinem Platz in der Aula der Berufsschule, in der die Feierstunde stattfand, entdeckte ich dich. Deine blonden Haare trugst du mittlerweile etwas kürzer und offen, aber deine Sommersprossen waren unverkennbar.

»Und, wohin geht es jetzt, Harald?«, wolltest du wissen und lächeltest mich an.

**Viertes Kapitel**

An diesem Abend trafen sie sich in Florians Wohnung, die im Norden der Stadt lag. Nachdem Ivonne die Tür hinter sich geschlossen hatte, stieg ihr bereits ein herrlicher Duft aus der Küche in die Nase.

»Riecht schon mal köstlich. Lass mich raten, Lasagne?«, fragte sie und umarmte Florian zärtlich von hinten. Sie schmiegte ihr Gesicht an seine Schulter.

»Si, uno lasagne con carne macinata per la donna e uno lasagne vegetariano per l´uomo.«

Ivonne liebte es, wenn Florian ihren Lieblingsitaliener Paolo nachahmte, wobei Florian fast besser italienisch sprach als der Restaurantbesitzer, der immer in einem wunderbaren Mischmasch aus Deutsch und seiner Muttersprache plauderte.

»Bene«, antwortete Ivonne und spielte sein Spiel mit. »Und für den Nachtisch sorge ich.«

»Und der wäre?«

»Lass dich überraschen.«

»In diesem Fall hätte ich nichts dagegen, die Reihenfolge des Menüs zu verändern«, sagte Florian und drehte sich zu ihr um.

»Aber, wäre es nicht schade um die schöne Lasagne?«, gab Ivonne zu bedenken.

»Ich kann den Backofen ein wenig runterdrehen. Dann brutzelt sie ganz langsam vor sich hin während wir ...«

»... dahinschmelzen«, vervollständigte Ivonne.

»Ich hätte es nicht besser formulieren können.«

»Die Lasagne war super, genau richtig«, sagte Ivonne und legte die Gabel in die leere Auflaufform. Sie war pappsatt und strich sich über ihren prallen Bauch. Wenn Florian sie weiter so mästete, war es bald vorbei mit Kleidergröße 36.

»Gracie molto«, antwortete Florian und beugte sich über den Tisch, um sie für das Kompliment zu küssen.

»Der Nachtisch war aber auch fantastico«, fügte er flüsternd hinzu.

»Lassen wir den Abend bei einem Glas Wein ausklingen?«, wollte Ivonne wissen, während sie den Tisch abräumten und das Geschirr in die Spüle stellten.

»Gerne, aber vorher bringst du mich auf den neuesten Stand deiner Ermittlungen, oder?«

Ivonne lächelte. Genau wie sie liebte Florian es, Fälle zu bearbeiten, Gemeinsamkeiten aufzuspüren, Spuren zu verfolgen, Motive zu benennen, Thesen aufzustellen und wieder zu verwerfen.

»Nur wenn du mir verrätst, was es mit den römischen Ziffern in der Tabelle auf sich hat.«

Natürlich hatte Florian sein Versprechen nicht vergessen und entsprechend im Klinikum nachgefragt.

»Ich hatte Recht mit meiner Vermutung. Die stehen tatsächlich für den Impfstatus.«

Ivonne rief sich die Auflistung in Erinnerung. Es gab Patienten jedweden Impfgrades. Also brachte auch diese Information sie nicht wirklich weiter. Sie berichtete Florian von ihrer bisherigen Recherche, wobei sie das Wort Recherche in Gänsefüßchen setzte.

»Ich tappe völlig im Dunkeln«, gab sie zu. »Es gibt keinen Ansatzpunkt für Ermittlungen. Um noch mehr über die mutmaßlichen Opfer – wenn sie wirklich als solche zu bezeichnen sind – herauszufinden, müsste ich im Umfeld der Toten ermitteln.«

»Und genau das würde unweigerlich zu unangenehmen Rückfragen führen«, meinte Florian, der die Zwickmühle erkannte, in der sie steckte.

»Bleiben wir bei den Todesfällen. Gab es eine Tendenz bei den Opfern? Männlich, weiblich, Alter, Herkunft, Hautfarbe, Status?«, fragte Florian, während er die Dossiers über die verstorbenen Patienten durchblätterte, die Ivonne heute erstellt hatte. »Oder gilt es wieder die eine, bis dato unbekannte Gemeinsamkeit, die alle Opfer verbindet, zu finden?«

»Gut behalten, Watson«, meinte Ivonne in Anspielung auf ihren ersten gemeinsamen Fall. Damals waren sie aufgrund von Florians Aufmerksamkeit auf die einzige Verbindung zwischen den Opfern gestoßen, die sie schließlich auf die Spur des Täters gebracht hatte.

»Diesmal haben wir mehrere Übereinstimmungen. Alle waren in derselben Klinik, alle waren an Covid erkrankt und alle waren an ein ECMO Gerät angeschlossen. Darüber hinaus gibt es keinerlei Verbindungen zwischen ihnen und keine Überschneidungen in den Lebensläufen. Ohne weitere Anhaltspunkte bin ich machtlos und zum Zuschauen und Abwarten verdonnert.«

»Vielleicht lässt der nächste Hinweis nicht so lange auf sich warten.«

»Das wäre zu hoffen, ansonsten muss ich den Fall irgendwann ad acta legen. Und du weißt wie ich das hasse.«

»Höchste Zeit für eine Ablenkung«, meinte Florian und schnappte sich die Fernbedienung. »Du darfst aussuchen.«

## 2011

Mareike und ich heirateten an einem stürmischen Donnerstag, zwei Jahre nachdem wir uns bei der Abschlussfeier wiedergesehen hatten. Ich hatte dir gesagt, wohin ich wollte und du hattest erneut alle Hebel in Bewegung gesetzt und mir geholfen. Als Unterstützung wurde Freundschaft, aus Freundschaft wurde Liebe. Ich war endlich angekommen.

**Fünftes Kapitel**

Ivonne hatte sich in ihre Dossiers vertieft und versuchte, noch mehr über die Verstorbenen herauszufinden. Es war die sprichwörtliche Suche nach der Nadel im Heuhaufen. Wenn es keine Gemeinsamkeiten gab, wo sollte sie ihre weiteren Ermittlungen ansetzen? Wie sollte sie ein Motiv benennen, wenn es nicht mal klar war, ob die Toten tatsächlich Opfer waren? Sie drehte sich förmlich im Kreis. Vielleicht gab es gar keinen Fall und sie vergeudete hier nur wertvolle Zeit. Doch noch war sie nicht bereit aufzugeben. Sie war sich sicher, dass der anonyme Hinweis ein Hilfeschrei gewesen war, der ihrer Meinung nach nicht ungehört verhallen sollte. Wenn wir nur wüssten, wer der Whistleblower ist, dachte sie.

*

»Gehen wir die Sache doch mal von der anderen Seite an«, schlug Ivonne deshalb am Abend vor und lümmelte sich aufs Sofa.

»Aha, und die wäre?«, fragte Florian, der sich zu ihr gesellte.

»Nun, eigentlich so, wie wir normalerweise an einen Fall herangehen.«

»Also, Auswertung der Daten des Tatortes, Suche nach der Tatwaffe und Nachstellung des Tathergangs?«

»Hey, du vergisst wohl wirklich nie etwas, oder?«

»Es fiel mir schon immer leicht, mir Dinge zu merken, die mich interessieren.«

»Dann kennst du wahrscheinlich alle Staaten Afrikas inklusive ihrer Hauptstädte.«

Florian zuckte als Antwort nur mit den Schultern, was Ivonne mit einem Kopfschütteln quittierte.

»Also, der Tatort ist die Intensivstation des Krankenhauses der St. Ursula Klinik. Das dürfte den Täterkreis ziemlich einschränken, oder?«

»Der Zutritt ist streng geregelt. Außer den Ärzten und dem Pflegepersonal hat niemand Zutritt. Aufgrund der strengen Corona Regeln und der angespannten Lage wurden die Sicherheitsmaßnahmen nochmals verstärkt. Nicht einmal die engsten Angehörigen kommen rein.«

»Der Tathergang dagegen ist völlig unbekannt, ebenso die Tatwaffe, wenn es denn überhaupt eine gibt.«

»Wurde eines der Opfer obduziert?«, fragte Florian.

»Das geht aus der Aufstellung nicht hervor. Wahrscheinlich wurde jedes Mal Corona als Todesursache angegeben. Wäre in diesen Fällen ja auch naheliegend.«

»Schon«, gab Florian zu, »aber bei einer auffälligen Häufung hätte es von der Klinikleitung angeordnet werden können.«

»Vielleicht wurden diese absichtlich nicht durchgeführt, um einen Skandal zu vermeiden.«

Florian wog Ivonnes Aussage einen Moment ab und schüttelte dann den Kopf.

»Keine Klinik, kein Krankenhaus gibt gerne zu, wenn es zu vermehrten Todesfällen kommt, aber sie zu vertuschen, um nicht in die Schlagzeilen zu geraten, das kann ich mir nicht vorstellen."

„Dann lass uns noch ein wenig beim Tathergang bleiben. Um sein Opfer töten zu können, muss der Täter zu ihm gelangen. Und wer kommt derzeit ohne Probleme an die Patienten heran?"

„Ärzte, Schwestern, Pfleger und Reinigungskräfte«, zählte Florian auf.

»Aber warum hat der Täter es gerade auf Patienten abgesehen, denen es ohnehin schon schlecht geht, deren Leben sowieso an einem seidenen Faden hängt?«, überlegte Ivonne laut und fuhr sich durch die Haare.

»Vielleicht gerade deshalb«, entgegnete Florian.

»Du meinst, sein Motiv ist die Erlösung von den Qualen, aus Mitleid?«

»Er oder sie wäre nicht der erste Todesengel in der Kriminalgeschichte.«

»Da aktive Sterbehilfe immer noch ein heikles Thema ist, nimmt er oder sie die Sache selbst in die Hand. Dann könnte der Täter oder die Täterin durchaus beim Pflegepersonal der Klinik zu finden sein«, schloss Ivonne und lehnte sich zurück. Sie hatte diesen Personenkreis eigentlich schon ausgeschlossen. Vielleicht sollte sie diese Entscheidung überdenken.

Florian nahm einen Schluck Rotwein und schaute für einen Moment gedankenverloren aus dem Fenster.

»Triage«, murmelte er plötzlich.

»Bitte?«, fragte Ivonne, da sie ihn nicht verstanden hatte.

»Triage«, wiederholte Florian, »ein Begriff aus dem französischen. Es heißt übersetzt: aussuchen, auswählen oder auslesen. Ursprünglich wurde dieser Begriff zu Kriegszeiten beim Militär verwendet, um die Verletzten, die ins Lazarett gebracht wurden, nach der Schwere der Verletzung in hoffnungslose und Fälle mit einer guten Überlebenschance aufzuteilen. Letzteren widmete man sich zuerst.«

»Verstehe«, sagte Ivonne leise.

»Das mag sich grausam anhören, wurde aber bald von allen Medizinern als sinnvolle Maßnahme akzeptiert und übernommen. In der modernen Medizin wurden die Kriterien erweitert, beziehungsweise verfeinert, um zum Beispiel bei Massenunfällen, Terroranschlägen und Naturkatastrophen einheitliche und anerkannte Regeln zu haben. Die Ärzte ordnen jedem Patienten, je nach Dringlichkeit, eine Farbe zu. Von Rot, über Gelb zu Grün und Blau. Manchmal kann es bei einem Routineeingriff oder auch bei einer Geburt zu Komplikationen kommen. Dann muss der Arzt ebenfalls entscheiden: Rette ich das Leben des Babys oder das der Mutter?«

»Am besten beide«, meinte Ivonne.

»Im Optimalfall ja.«

»Die DIVI, die Deutsche Interdisziplinare Vereinigung für Intensiv- und Notfallmedizin, hat in einem 14-seitigen Dokument Regeln aufgestellt für das Unregelbare.«

»Soll heißen?«, fragte Ivonne.

»Nun, gesetzt den Fall, es steht nur ein Intensivbett und eine künstliche Lunge zur Verfügung, dann wird der Patient mit der schlechteren Erfolgsaussicht das Nachsehen haben. Gemäß diesem DIVI Papier darf niemand aufgrund einer Vorerkrankung schlechter gestellt werden, solange diese Erkrankung den Erfolg der Intensivbehandlung nicht verringert. Ebenso ist es nicht zulässig, eine Priorisierung aufgrund des Alters, sozialer Merkmale und bestimmter Grunderkrankungen oder gar Behinderungen vorzunehmen. Ebenso tabu für die Bestimmung ist der Impfstatus des Patienten. Manche Kliniken stellen für die Klärung der Dringlichkeit Teams zusammen, aber am Ende lastet die Entscheidung allein auf den Schultern der Ärzte.«

Vor diesen Entscheidungen würde er als Pathologe zum Glück niemals stehen.

Ivonne nahm nochmals die Liste zur Hand.

»Ein Laie kann anhand dieser spärlichen Informationen doch nie im Leben eine Heilungsprognose erstellen.«

»Niemals«, stimmte ihr Florian zu, »ohne Anamnese und Kenntnisse über den Gesamtzustand des Patienten ist das unmöglich. Und auch dann besteht immer noch ein Restrisiko, dass die Behandlung nicht anschlägt.«

»Soll heißen, wäre der Täter ein Arzt oder vom Pflegepersonal, hätte er exakt diese Patienten ausgewählt, da er nur eine geringe Chance auf Genesung sah.«, schloss Ivonne. Der Täter traf also die Auswahl und entschied, wer eine Chance bekommen sollte und wer nicht.

»Wann genau begann überhaupt diese Serie, wenn es denn eine ist?« Florian setzte das Wort Serie mit einer Geste seiner Hände in Gänsefüßchen.

»Moment.« Ivonne blätterte in den Unterlagen.

»Das Todesdatum des ersten Patienten war der 14. Februar 2021.«

»Also, relativ zeitgleich mit der sogenannten zweiten Welle der Pandemie. Die Intensivstationen stießen an ihre Grenzen. Das Pflegepersonal der Intensivstationen war immensen Belastungen ausgesetzt. Zum einen löste die Pandemie starke Ohnmachtsgefühle aus, da ein Ende nicht abzusehen war. Zeitgleich wurden die Besuchszeiten für die Angehörigen stark eingeschränkt, sodass es oft die Pfleger waren, die die Patienten beim Sterben begleiteten. Viele Pfleger bekamen Selbstzweifel und das Gefühl, den Patienten und den Anforderungen nicht gerecht zu werden.

Viele haben in der Zeit das Handtuch geworfen, allein weil sie das Geräusch von Beatmungsgeräten nicht ertrugen und keine Leichensäcke mehr sehen wollten.«

Sie schwiegen einen Moment und Ivonne speicherte alle erhaltenen Informationen gedanklich ab, bevor sie mit Florian eine weitere Möglichkeit erörtern wollte, die ihr ebenfalls im Kopf herumspukte.

»Lass uns noch eine zweite Alternative erörtern. Nämlich die Variante, in der dem Täter der Zustand der Patienten vollkommen gleichgültig ist und er sie wahllos tötet.«

Florian zuckte die Schultern.

»Leider wissen wir überhaupt nicht, wer von den Toten auf der Liste tatsächlich ohne Fremdeinwirkung verstarb und bei wem eventuell nachgeholfen wurde. Vielleicht ist die Häufung wirklich purer Zufall.«

»Du meinst, es gibt keinen Täter und kein Motiv?«

»Oder aber die Pandemie ist gerade der Auslöser für die Taten«, überlegte Ivonne laut, »dadurch gäbe es ein zweites, völlig anderes Motiv.«

Sie warf noch mal einen Blick auf die Aufstellung.

»Und welches?«, fragte Florian ungeduldig.

»Rache.«

»Wie kommst du jetzt auf Rache?«

»Weil der Täter einen geliebten Menschen durch die Pandemie verloren hat.«

»Das haben leider viel zu viele«, merkte Florian an.

»Ja, aber eine Gemeinsamkeit haben tatsächlich alle.«

»Sie alle hatten Covid.«

»Und alle waren an einem ECMO Gerät angeschlossen.«

»Stimmt, aber irgendwie stehe ich immer noch auf dem Schlauch.«

»Ich erkläre dir meinen Gedanken und dann lass uns dieses Szenario ebenfalls durchspielen, okay?«, schlug Ivonne vor und Florian nickte.

»Also, eine dem Täter nahestehende Person – Ehepartner, Elternteil, Familienmitglied, Freund – wer auch immer, stirbt, da eben kein ECMO Gerät für ihn zur Verfügung steht. Was würdest du in diesem Fall empfinden?«

„Enttäuschung, Wut, Verzweiflung."

„Und an wen würdest du dich rächen wollen?«

»Wahrscheinlich an dem Arzt, der die Entscheidung gegen meinen Angehörigen getroffen und die Behandlung verweigert hat.«

»Genau. Aber an einen Arzt kommt man nicht einfach so ran wie an einen wehrlosen Patienten.«

»Und deshalb suche ich mir ein wehrloses Opfer aus und töte es?« Florians Mimik drückte Skepsis über Ivonnes Gedankengänge aus.

»So trifft der Täter den Arzt nicht direkt, kann aber dessen Ruf und den der Klinik ruinieren. Es gibt doch bestimmt ein Bewertungsportal für Ärzte und Kliniken, oder?«, wollte sie wissen.

»Für wen und was gibt es heute keine Plattform?«, lautete Florians Gegenfrage.

»Ich werde prüfen lassen, ob es auf den gängigen Portalen vermehrt negative Aussagen zu der St. Ursula Klinik gibt oder sogar einen Shitstorm. Vielleicht lässt sich dort eine Spur verfolgen. Ich werde gleich morgen einen Kollegen darauf ansetzen«, meinte Ivonne und machte sich eine entsprechende Notiz.

»Das wären zwei unterschiedliche Beweggründe und damit hätten wir ebenfalls zwei unterschiedliche Täterprofile«, fasste Ivonne die Ergebnisse ihrer Gedankenspiele zusammen.

Nun musste sie abwägen, zu welchem Motiv sie stärker tendierte und ihre Ermittlungen darauf konzentrieren, um irgendwann zum Erfolg zu gelangen. Die Gefahr dabei bestand darin, sich für das falsche der beiden zu entscheiden und damit weitere, wertvolle Zeit zu vergeuden. Florian ahnte, welche Überlegungen gerade in Ivonnes Kopf stattfanden.

»Wie willst du nun vorgehen?«

»Ich werde erst einmal die Füße still halten.«

»Wie, du stellt keine Ermittlungen an?«, fragte Florian überrascht.

»Jedenfalls nicht offiziell.«

»Soll heißen?«

»Keine Befragungen des Klinikpersonals und auf gar keinen Fall Kontakt zu den Hinterbliebenen aufnehmen«, zitierte Ivonne die klare Ansage ihres Chefs.

»Das kann ich gut verstehen«, meinte Florian. »Viele Angehörige hatten in den letzten Wochen aufgrund der strengen Zugangsbestimmungen meist nicht einmal die Möglichkeit, sich von ihren Lieben zu verabschieden. Sie jetzt mit Fragen zu torpedieren wäre pietätslos.«

Florian hielt einen Moment inne, bevor er den zweiten Gedanken aussprach, der sich gerade in den Vordergrund drängte.

»Vielleicht würde man damit sogar schlafende Hunde wecken.«

»Wie meinst du das?«

»Nun, der eine oder andere Hinterbliebene könnte die Gelegenheit nutzen, um die Klinik zu verklagen, falls auch nur der Hauch eines Verdachtes aufkommen würde, der Tod des Angehörigen hätte verhindert werden können.«

»Vielleicht hat unser Täter dies ebenfalls versucht und ist gescheitert.«

Florian war anderer Meinung.

»Ich glaube nicht, dass es dem Täter um eine finanzielle Entschädigung geht. Außerdem können sich solche Prozesse über Monate, wenn nicht sogar Jahre, hinziehen und er müsste erst einmal die Anwaltskosten vorschießen. Kaum jemand verfügt über die entsprechenden finanziellen Mittel und den langen Atem, den es dazu braucht, den Rechtsweg zu beschreiten.«

Ivonne spann den Gedanken weiter.

»Wenn er keinen Schadensersatz anstrebt, dann sind höchstwahrscheinlich keine Kinder im Spiel, die abgesichert werden sollen. Aber er scheint eine Menge Hass zu verspüren. Und wo Hass ist, war vorher oftmals eine große Liebe.«

»Das deutet auf ein Paar hin, das entweder schon sehr lange zusammen oder frisch verliebt ist.«

»Und deshalb rächt der Täter sich auf diese Weise? Ganz schön perfide«, befand Ivonne.

»Rache ist ein starkes Gefühl«, bestätigte Florian, »aber es ist nicht sofort da. Es muss sich entwickeln, muss wachsen. Wenn Rache wirklich das Motiv ist, braucht sie zudem einen Auslöser.«

»Ich finde, der Tod eines geliebten Menschen ist Grund genug. Vor allen Dingen, wenn ich der Auffassung bin, dass dessen Tod hätte verhindert werden können. Vielleicht ist genau das der Trigger.«

»Du meinst also tatsächlich, der Täter rächt sich an allen Patienten, denen ein ECMO Gerät zur Verfügung gestellt wurde, weil seinem Angehörigen genau diese Behandlung verweigert wurde?«

»So jedenfalls würde ich sein Vorgehen deuten, wenn Rache sein Motiv ist«, erwiderte sie. »Und wir wissen nicht, wann sein Rachedurst gestillt ist oder ob er überhaupt plant, jemals aufzuhören.«

Ivonne stöhnte.

»Wir müssen unbedingt den Whistleblower ausfindig machen oder wir wenden uns direkt an die Klinikleitung.«

»Aber wie willst du erklären, warum du Akteneinsicht verlangst?«

»Auch wieder wahr. Also müssen wir abwarten bis entweder der Täter wieder zuschlägt und wir ihn dabei fassen oder der Whistleblower sich erneut meldet und uns weitere Informationen gibt. Ich hoffe auf Letzteres.«

»Also, Abwarten und Tee trinken, genau deine Stärken.«

Ivonne streckte ihm zur Antwort die Zunge raus.

»Wie wäre es stattdessen mit eine Runde auf dem E-Bike und Kaffee trinken?«

»Guter Plan.«


## 2016 Kinderwunsch

»Es liegt an mir.« Du flüstertest die Worte und trotzdem hallten sie in meinem Kopf, als hätte jemand die Lautstärke einer HiFi-Anlage bis zum Anschlag hochgedreht. Das, was wir beide lange befürchtet hatten, bekamen wir nun ärztlich bestätigt. Du konntest keine Kinder bekommen.

## Sechstes Kapitel

Die Suche nach der Tatwaffe brachte Ivonne schier zur Verzweiflung und hatte sie die halbe Nacht wach gehalten. Es gab einfach keine. Der Täter konnte sich nicht einfach an den Geräten, an denen der Patient angeschlossen ist, zu schaffen machen, da diese sofort Alarm schlagen würden. Spätestens dann hätte der diensthabende Pfleger reagiert. Also, was sonst könnte der Täter benutzt haben? Es musste etwas Unauffälliges sein und durfte keine Spuren hinterlassen. Wenn es ein Täter mit medizinischem Hintergrund war, würde er sicherlich Mittel und Wege kennen, einen Intensivpatienten so zu töten, dass es nicht nachzuweisen wäre. Da keines der vermeintlichen Opfer obduziert wurde, konnten sie auch auf diesem Wege zu keinerlei neuen Erkenntnissen gelangen, die den Täterkreis eingrenzen oder ihnen irgendeinen Hinweis geben konnte.

Ivonne holte ihr E-Bike aus dem Unterstand und machte sich auf den Weg ins Präsidium. Sie hatte so eine Wut im Bauch, dass sie die elektronische Unterstützung so gut wie gar nicht benötigte und ihren Frust über einen ordentlichen Antritt in die Pedale abbaute. In neuer persönlicher Bestzeit erreichte sie das Präsidium, schloss ihr Fahrrad ab und machte sich auf den Weg zum Eingang.

»Upps, Entschuldigung.«

»Nichts passiert«, entgegnete Ivonne.

Florian hatte ihr nach dem Missgeschick, bei dem sie sich das erste Mal gesehen hatten, einen Thermobecher geschenkt, in dem Ivonne sich nun immer den Kaffee von Hause mitbrachte, anstatt jeden Tag einen neuen Pappbecher zu verbrauchen. Ivonne musste unwillkürlich lächeln. Florian hatte sie schon ein Stück weit erzogen.

Immer öfter ließ sie ihren geliebten alten Käfer stehen und fuhr mit ihrem E-Bike zur Arbeit. In den breiten Korb vor dem Lenker passten locker ihre Laptoptasche, bei Bedarf ein paar Akten und der Kaffeebecher.

Daher hatte sie sich bei dem heutigen unfreiwilligen Zusammenstoß mit der Frau, die es augenscheinlich eilig hatte, nicht ihre Bluse ruiniert. Ivonne schaute ihr noch einen Moment hinterher. Die Frau war circa einen Meter siebzig groß, hatte blonde Haare, die sie zu einem Zopf geflochten hatte. Sie trug einen hellen Mantel, der ihr bis zur Mitte ihrer kräftigen Waden reichte. Bei jedem Schritt lugte der Rand des fliederfarbenen Rocks hervor. Die Farbe erinnerte Ivonne an etwas, aber es wollte ihr partout nicht einfallen. Sie rückte den Riemen ihrer Laptoptasche zurecht und betrat das Präsidium. Sie kam jedoch nur bis zur ersten Stufe der Treppe, als der Pförtner hinter ihr her rief.

»Hallo ... Frau Holtkämper, einen Moment bitte!«
Sein watschelnder Gang ließ sie an eine Ente denken und sie musste sich ein Grinsen verkneifen.

»Ich hatte heute früh schon den Briefkasten geleert, aber gerade habe ich gesehen, dass schon wieder ein Umschlag darin steckte.«

»Und?«, fragte Ivonne und hoffte, der Beamte würde endlich zum Punkt kommen.

»Hier«, sagte er nur und reichte ihr den Inhalt des Umschlages. Es war die Personalakte eines Krankenpflegers. Als erstes sprang ihr das Emblem der Klinik im Briefkopf ins Auge.

»Mist!«, fluchte sie leise. Jetzt wusste sie wieder, woher sie die Farbe des Rockes kannte. Sie drückte dem erstaunten Beamten ihre Tasche samt Kaffeebecher in die Hand und stürmte auf die Straße. Sie spurtete um die nächste Ecke, obwohl sie wenig Hoffnung sah, die Frau noch zu erwischen.

An der nächsten Kreuzung gab sie schließlich auf. Es waren einfach zu viele verschiedene Richtungen, in die die Frau verschwunden sein konnte. Enttäuscht machte sie kehrt. Jedenfalls hat unser Whistleblower nun ein Gesicht, und ich weiß, wo ich ihn suchen muss, dachte Ivonne, als sie das Revier zum zweiten Mal an diesem Morgen betrat.


»Und, wie willst du sie ausfindig machen?«, fragte Florian Ivonne bei ihrer gemeinsamen Mittagspause.

»Ich kaufe mir einen Blumenstrauß und schleiche mich durch die Gänge des Krankenhauses.«

»No way«, entgegnete Florian und schüttelte den Kopf. »Das ging vielleicht vor der Pandemie.«

»Richtig, das hatte ich schon wieder vergessen. Das heißt: Im Auto an der Ausfahrt zum Parkplatz warten, bis sie rauskommt.«

»Und wenn sie zu Fuß geht oder mit dem Rad fährt?«, warf Florian ein.

»GRR«, schimpfte Ivonne, »hätte ich doch einen Moment schneller reagiert, dann müssten wir uns jetzt darüber keine Gedanken machen.«

»Beschreib mir die Frau nochmal«, schlug Florian vor, »vielleicht kann ich herausfinden, wie sie heißt. Und zwar ohne dass wir die Pferde scheu machen.«

»Wie willst du das anstellen?«, fragte Ivonne skeptisch.

»Pathologen-Geheimnis«, antwortete Florian.

»Okay«, gab Ivonne sich geschlagen, »sie ist ...«

»Ihr Name lautet Schäfer, Frau Clara Schäfer«, berichtete Florian ihr nur wenige Stunden später.

»Oberschwester auf der Intensivstation. Die Kollegen haben nur Gutes über sie berichtet. Loyal, fair, ein Urgestein in der Station. Zum Privatleben wussten sie allerdings nicht viel. Frau Schäfer ist ledig und lebt nur für ihren Beruf.«

»Ich weiß zwar nicht, welche Geschichte du aufgetischt hast, um an diese Informationen zu kommen, aber Respekt. Den Rest erledigt die Ermittlerin.«

Mit diesen Worten fischte Ivonne sich den Zettel aus Florians Hand und gab ihm einen Kuss.

»Danke, Watson.«

»Gern geschehen, Ms. Holmes.«

Mit dem Namen kostete es Ivonne nur einen Anruf im Präsidium, um die Adresse der Krankenschwester herauszubekommen. Sie bat zwei Kollegen der Streife, den Wohnblock, in dessen zweiter Etage sich die Wohnung von Frau Schäfer befand, zu observieren. Um 22:00 Uhr erhielt Ivonne die Nachricht, dass die Schwester soeben zurückgekommen war. Sie bedankte sich bei den Kollegen und versprach, bei passender Gelegenheit, eine Runde Muffins vorbeizubringen.

Sie nahm sich vor, Frau Schäfer am nächsten Vormittag gegen zehn Uhr aufzusuchen.

»Übrigens, ich habe herausgefunden, dass die römischen Ziffern in der Tabelle tatsächlich für den Impfstatus der Patienten stehen«, sagte Florian, als sie ihr Telefonat beendet hatte.

»Meinst du, dass dieser auch eine Rolle bei der Auswahl der Opfer spielte?«

Florian schüttelte den Kopf.

»Ich meine alle Varianten in der Aufstellung gesehen zu haben. Ungeimpft, geimpft, geboostert. Daraus können wir kein Muster ableiten.«

»Wäre auch zu einfach gewesen.«

»Denkst du in Richtung Covid-Leugner, Impfgegner oder Querdenker?«, fragte Florian.

»Nicht unbedingt, aber ausschließen möchte ich diese Spur auch nicht.«

»Ich denke eher, die wollen Aufmerksamkeit, Reporter, Rampenlicht und Kameras. Die gehen eher auf die Straße, um zu protestieren und ihren Unmut kundzutun, aber nicht ins Krankenhaus.«

»Jedenfalls bleibt mein Kollege dran und checkt die diversen Bewertungsportale, ob es rund um die St. Ursula Klinik vermehrt zu negativen Bewertungen oder Beschimpfungen kommt.«

## 2018

»Könntest du dir das vorstellen?«, lautete deine Frage und ich nickte ohne zu zögern. Ich hatte im Browserverlauf gesehen, welche Seiten du in den letzten Tagen und Wochen aufgerufen hattest. Und so kam diese Frage für mich nicht so überraschend, wie du es vielleicht vermutet hattest. Adoption. Das Wort hing in der Luft, schwebte zwischen uns hin und her. Es war nicht mehr nur ein geheimes Gedankenspiel. Laut ausgesprochen wurde es nun zur Realität. Könnte ich ein fremdes Kind genauso annehmen, genauso lieben wie ein eigenes?

Diese Frage hatte mich die letzten Nächte wach gehalten. Verspürte ich wirklich den Wunsch, Vater zu werden oder täte ich es nur dir zuliebe? Würden wir überhaupt eine Chance bekommen bei meiner kriminellen Vorgeschichte? Wir würden uns nicht nur finanziell nackt machen müssen. Das Jugendamt würde vor allem in meiner Vergangenheit stochern. Alle von mir begangenen Vergehen und Straftaten würden mit in die Waagschale geworfen.

## Siebtes Kapitel

Ich hätte die Kollegen über Nacht hier warten lassen sollen, dachte Ivonne, als sich auch nach dem dritten Klingeln nichts tat. Gerade als sie sich enttäuscht abwenden wollte, trabte ihr die Oberschwester auf dem Gehweg entgegen. Kein neongelbes körperbetontes Outfit, keine Klackerstöcke, einfach Jogginghose und lässiges T-Shirt. Auch keine Smartwatch am Handgelenk, nur zwei weiße Knöpfe im Ohr und das Handy mit Klettverschluss am durchtrainierten Oberarm. Die Krankenschwester war Ivonne auf Anhieb sympathisch, und doch bewahrte sie sich ihre professionelle Objektivität.

»Frau Schäfer?«

Die Joggerin zog die beiden Stöpsel aus den Ohren und schaute Ivonne fragend an. Sie wiederholte ihre Frage und ihr Gegenüber nickte. Als Ivonne ihren Ausweis hervorzog und sich ihrerseits vorstellte, bemerkte sie die Veränderung in dem Gesichtsausdruck der Oberschwester.

»Wir haben uns gestern vor dem Präsidium getroffen, stimmt's?«

»Getroffen bringt es auf den Punkt.«

»Können wir bitte reingehen? Ich muss unbedingt raus aus den Klamotten und dringend unter die Dusche.«

Eine Viertelstunde später saßen sie beide mit einer Tasse Kaffee in der hellen Wohnküche. Ivonne ließ der Krankenschwester Zeit, von sich aus zu erzählen, anstatt sie mit Fragen zu bombardieren und sie damit wohlmöglich zu verschrecken. Dabei beobachtete sie genau die Mimik und Gestik ihres Gegenübers.

Frau Schäfer nahm einen tiefen Schluck und dann begann sie zu erzählen. Von ihrem stressigen Alltag auf der Intensivstation seit dem Ausbruch der Pandemie.

Der Verzweiflung, die sie verspürte, wenn sie, trotz aller Bemühungen und allen technischen Möglichkeiten, immer wieder machtlos waren gegenüber diesem aggressiven Virus, der gerade in einer zweiten Welle über Deutschland hinweg rollte. Eher durch Zufall im Gespräch mit einer Kollegin eines anderen Krankenhauses hatte sie erfahren, dass die Sterblichkeitsrate beim Einsatz der ECMO Geräte auf ihrer Station extrem hoch war. Andere Kliniken erzielten deutlich bessere Erfolgsquoten. Das hatte sie stutzig gemacht. Und ja, gab sie zu, auch argwöhnisch gegenüber den Kollegen und Kolleginnen. Der Name eines Pflegers rückte dabei mehr und mehr in den Vordergrund. Immer wenn Justin Kleber Dienst hatte, kam es vermehrt zu Todesfällen auf der Intensivstation.

»Ich habe mir daraufhin seine Personalakte angeschaut«, gestand sie. »Justin war in den letzten fünf Jahren an vier verschiedenen Kliniken tätig.«

»Ein so häufiger Wechsel ist eher ungewöhnlich?«

»Auf jeden Fall.«

»Ist Herr Kleber jedes Mal entlassen worden oder von selbst gegangen?«

»Das geht nicht wirklich aus seiner Akte hervor. Es sieht so aus, als hätte er immer nur die vertraglich festgelegte Zeitspanne gearbeitet und nie versucht, seinen Erstvertrag zu verlängern.«

»Sind Einjahresverträge üblich?«

»Durchaus. Und normalerweise, also wenn beide Seiten sich gut verstehen, wird dieser um ein weiteres Jahr verlängert. Danach sieht man weiter.«

»Fällt Herr Kleber auch in anderen Bereichen unangenehm auf. Benimmt er sich ungewöhnlich?«

»Na ja, von Pünktlichkeit hält Justin nicht viel. Er schafft es häufig nicht, die an ihn gestellten Aufgaben zeitgerecht zu erledigen, sodass andere für ihn mitarbeiten müssen.«

»Verstehe, das trägt nicht wirklich zu einem guten Betriebsklima bei.«

Zu Ivonnes Verwunderung schüttelte Frau Schäfer den Kopf.

»Eigentlich ist ihm nie jemand ernsthaft böse, dafür ist er einfach zu charmant und wickelt vor allen Dingen die jungen Schwesternschülerinnen um den Finger. Aber ich muss gestehen, ich weiß nicht, warum er überhaupt Krankenpfleger geworden ist. Er brennt nicht wirklich für diesen Beruf.«

Ivonne wusste, irgendwann musste sie Frau Schäfer die Frage stellen, die sie beide mit ihrer lockeren Unterhaltung noch immer vor sich her schoben.

»Trauen Sie ihm diese Morde zu?«

Frau Schäfer zuckte bei dem Wort Mord sichtlich zusammen.

»Mord«, flüsterte sie leise und wandte sich ab. Ihre Augen schauten aus dem Fenster, doch ihr Blick ging ins Leere.

»Ich will niemanden ans Messer liefern«, sagte sie schließlich und blickte Ivonne dabei direkt in die Augen.

»So eine bin ich nicht.«

»So schätze ich Sie auch nicht ein.«

Keine Sorge Frau Schäfer, ich werde nichts überstürzen. Ich werde Herrn Kleber durchleuchten, und danach sehen wir weiter. Mit diesen Worten hatte sich Ivonne wenig später von der Oberschwester verabschiedet und war gleich darauf ins Präsidium gefahren.

Dort hatte sie den Namen des Pflegers durch den Polizeicomputer gejagt, war aber, bis auf ein paar Punkte in Flensburg, nicht fündig geworden. Herr Kleber war, soweit es ihre Behörde anging, ein unbeschriebenes Blatt.

Anhand der Personalakte und des Lebenslaufes würde sich Ivonne heute bei den ehemaligen Arbeitgebern nach ihm erkundigen. Oder? Nein, das war eine perfekte Aufgabe für Florian.

Ivonne legte die Personalakte des Pflegers an die Seite und tippte erneut einen Namen in den Polizeicomputer. Sie würde auch Carla Schäfer durchleuchten. Für alle Fälle.

Florian freute sich tatsächlich, als Ivonne ihm am Abend eine Aufstellung mit den entsprechenden Kliniken und Daten überreichte und wollte sogleich loslegen, doch Ivonne zeigte auf ihren Magen und schwenkte die Karte von Paolos Lieferservice. Während Ivonne die Bestellung durchgab, bemerkte Florian, wie selbstverständlich Ivonne ihn in ihre Arbeit einbezog. Pathologe war sein Traumberuf und würde es immer bleiben. Aber hey, ab und zu ein wenig ermitteln, und das mit dieser tollen Frau an seiner Seite ... Florian hatte nicht zu hoffen gewagt, dass sie nach Beendigung des ersten gemeinsamen Falles ein Paar sein würden.

„Welchen Eindruck hattest du von Frau Schäfer?"
„Sie war mir auf Anhieb sympathisch."
„Ich gehe davon aus, dass du sie auch überprüft hast."
„Hab ich. Unser Polizeicomputer hat nichts über sie ausgespuckt. Aber auch so habe ich kaum etwas über sie im Internet gefunden. Sie ist auf keinen der gängigen Plattformen vertreten."

„Vielleicht hat sie dazu einfach keine Lust oder keine Zeit oder betreibt schon seit langem Digital Detox."

„Oder sie hat etwas zu verbergen."

„Möglich, aber eher unwahrscheinlich."

„Warum?"

„Die Kollegen sprachen in den höchsten Tönen von ihr. Die Station, die sie führt, hat das beste Betriebsklima. Alle wollen zu ihr. Sie brennt wirklich für den Job und engagiert sich vor allem in der Ausbildung des Nachwuchses."

„Trotzdem könnte die Pandemie auch in ihr eine Hoffnungslosigkeit hervorgerufen haben, die sie dazu bringt, den Patienten ein langes Leiden zu ersparen."

„Ich glaube, dann hätte sie sich versetzen lassen und nur noch unterrichtet oder hätte ganz das Handtuch geschmissen. Nein, ich denke sie ist eher jemand, der nach der Devise handelt: jetzt erst recht."

Ivonne gab ihm Recht. Sie hatte zwar erst ein Gespräch mit der Krankenschwester geführt, aber sie hatte es genauso empfunden.


»Die Aussagen der Kollegen seiner ehemaligen Arbeitgeber decken sich in etwa mit den Aussagen von Frau Schäfer«, teilte Florian Ivonne am nächsten Abend mit. »Justin Kleber ist faul, aber trotzdem nicht unbeliebt, und ja, zahllose gebrochene Frauenherzen pflastern seinen Weg.«

»Nichtsdestotrotz«, entgegnete Ivonne, sein Grinsen ignorierend, »Frau Schäfer wird ihn nicht ganz ohne Grund in Verdacht haben.«

»Vielleicht hat er auch ihr Herz gebrochen und nun rächt sie sich. Könnte doch sein«, ergänzte er, als er Ivonnes skeptischen Blick sah.

»Flo, ich bitte dich! Der Pfleger ist noch ein halbes Kind, gerade mal Anfang zwanzig, sie ist Mitte vierzig.«

»Warum nicht?«, widersprach er. »Das siehst du in jeder Vorabendsoap. Junger Pfleger – reife Oberschwester, wahlweise Ärztin.«

»Ich wusste gar nicht, dass du ein Serien-Junkie bist.«

»Bin ich auch nicht, aber die Mädels im Klinikum schmachten diese jungen Burschen im Fernsehen regelrecht an.«

»Oje, und dich ignorieren sie einfach?«

Florian nickte und seufzte theatralisch.

»Genau! Innere Werte sind heute keinen Pfifferling mehr wert. Was zählt sind Sixpacks.«

»Mein Mitleid hält sich in Grenzen«, meinte Ivonne trocken und schob dabei sein T-Shirt vorsichtig nach oben.

»Ich zähle hier auch zwei, vier, sechs... acht Packs? Hey, hast du beim Training übertrieben oder bist du ein medizinisches Wunder?«

»Äh, nein«, meinte Florian, »es sind bei jedem acht.«

»Also, müsste es eigentlich Eightpack heißen?«

»Richtig«, antwortete er und begann nun seinerseits ihren Körper zu erkunden. Seine Hände fuhren behutsam von ihrer Hüfte hinauf zu den Schultern und wieder hinab.

»Darf ich vorstellen: Latissimus dorsi. Den hast du gleich zweimal. Die beiden musst du immer gut dehnen, damit sie schön geschmeidig bleiben.«

»Meinst du so?«, fragte Ivonne, streckte ihren Oberkörper und legte den Kopf weit zurück in den Nacken.

»Perfekt«, befand Florian, bevor er seine Lippen in die kleine Mulde über ihrem Schlüsselbein vergrub.

»Das ist übrigens das Klavik...«
»Flo?«
»Hm?«
»Halt die Klappe.«

## 2020 Krankheit

Dir ging es zunehmend schlechter. Trotzdem quältest du dich jeden Morgen aus dem Bett und schlepptest dich zur Arbeit. »Schatz, die Kontaktverfolgung ist wichtig. Sonst bekommen wir diese Pandemie nie in den Griff.«

»Und du bekommst deine Erkältung nicht in den Griff. Seit drei Wochen geht das schon so«, hielt ich dagegen.

Irgendwann reichte es mir. Ich meldete dich kurzerhand krank, und wir suchten unseren Hausarzt auf. Er diagnostizierte eine schwere Lungenentzündung und verordnete strenge Bettruhe. Als die Symptome nach zwei weiteren Wochen nicht abklangen, schickte er dich für weitere Untersuchungen in die Uniklinik. Dann begann das bange Warten auf die Ergebnisse.

# Achtes Kapitel

Ivonne hatte sich mit Frau Schäfer für den nächsten Nachmittag verabredet.

»Wir haben Herrn Kleber durchleuchtet, nichts Auffälliges.«

Dessen Punkte in Flensburg verschwieg die Kommissarin, denn sie taten nichts zur Sache.

Die Krankenschwester nippte an ihrem Milchkaffee.

»Eigentlich traue ich es ihm auch nicht zu ...«

»Aber?«

»Irgendetwas stimmt nicht mit ihm. Das sagt mir mein Gefühl, meine Menschenkenntnis, meine langjährige Erfahrung.«

Damit brauche ich meinem Chef gar nicht erst kommen, dachte Ivonne.

»Reichlich dünn, nicht wahr?« , fragte Frau Schäfer im selben Augenblick und Ivonne nickte.

»Wie können wir die Patienten trotzdem schützen, bevor der mutmaßliche Täter erneut zuschlägt? Wir können nicht vor jedes Zimmer einen Polizisten platzieren.«

Zum einen fehlte dafür eindeutig Personal und zum anderen würde eine vermehrte Polizeipräsenz den Täter warnen. Ganz zu schweigen von der Tatsache, dass diese Maßnahme Frau Schäfer als Whistleblower outen würde. Gab es denn keine unauffällige aber effektive Möglichkeit? Waren sie weiterhin dazu verdammt, untätig warten zu müssen?

»Kameras zu installieren ist ebenfalls keine Option«, stellte Ivonne klar.

»Kameras nicht, aber ... vielleicht Mikros?«

»Mikros?«

»Wir haben da jemanden in der Verwaltung«, begann die Krankenschwester zögerlich, und rutschte unruhig auf ihrem Stuhl hin und her, ehe sie fortfuhr.

»Meine Kollegin Kerstin ist von Geburt an blind, dafür hat sie ein ausgeprägtes Gehör. Sie erkennt uns allein an unserem Gang, und sie liegt nie daneben. Egal ob man High Heels trägt oder Gesundheitssandalen.«

Ivonne überlegte. Abhörwanzen waren winzig klein und unauffällig. Und wenn diese Kerstin nur halb so gut war, wie behauptet, dann hätten sie eine Chance, endlich in dem Fall weiterzukommen. Aber rechtfertigte das eine illegale Abhöraktion?

»Wie würden Sie sich das Ganze vorstellen?«, fragte Ivonne. Sie spürte, wie ihr Gegenüber sich immer mehr für diese Idee begeisterte, ungeachtet der rechtlichen Konsequenzen, die diese unerlaubte Ermittlungsmethode mit sich bringen würde. Im Gegensatz zu mir kennt sie sich ja auch nicht aus, rief sich Ivonne ins Gedächtnis. Sie beide einte, dass sie weitere Todesopfer vermeiden wollten. Aber dazu war nun einmal nicht jedes Mittel erlaubt.

»Ich könnte die Mikros in den Zimmern der ECMO Patienten in der Nähe der Betten installieren. Dann bräuchten wir nur noch einen Raum, in dem wir alles abhören können.«

»Dazu brauchen wir keinen Raum«, widersprach Ivonne, »dafür gibt es spezielle Abhörwagen.«

»Das wäre natürlich noch unauffälliger.«


Ivonne schwankte, unfähig hier und jetzt eine Entscheidung zu fällen. Sie brauchte Ruhe und Abstand, um sich den Vorschlag noch einmal gründlich durch den Kopf gehen zu lassen.

„Lassen Sie mich eine Nacht drüber schlafen. Ich melde mich dann bei Ihnen."

„Unter einer Bedingung", erwiderte Frau Schäfer.

„Und die wäre?"

„Ich würde Ihnen gerne das du anbieten. Wäre das in Ordnung?"

Ivonne, die diese Bitte nicht erwartet hatte, zögerte. Sprach etwas dagegen?, überlegte sie. Eigentlich nicht. Und uneigentlich?, hörte sie ihren Vater fragen. Diese Gegenfrage stellte er immer, sobald sie dieses Wort benutzte.

„Klar", sagte sie schließlich, bevor ihr Zögern eine Spur zu lange gedauert und sie damit die Krankenschwester in eine peinliche Situation gebracht hätte.

„Gut. Ich heiße Clara."

„Ivonne. Ich melde mich morgen bei Ihn... bei dir."


»Und, du bist sicher, dass du die Aktion starten willst, ohne dir vorab das Okay von deinem Vorgesetzten zu holen?«, fragte Florian, als Ivonne den Karton mit den Wanzen auf die Küchentheke stellte.

»Ist Ärger dann nicht vorprogrammiert?«

Ivonne holte die winzigen Abhörgeräte hervor und betrachtete sie aufmerksam.

»Ich stecke in einer Sackgasse.«

»Und du meinst, diese illegale Aktion wäre der richtige Ausweg? So kenne ich dich gar nicht!«

Ich mich auch nicht, dachte Ivonne.

»Wenn du eine andere Idee hast, immer her damit.«

»Du möchtest also tatsächlich diesen Weg wählen. Warum?", fragte Florian und beantwortete sich seine Frage gleich selbst. „Weil dein Chef die Aktion nie und nimmer genehmigen würde, richtig?«

»Richtig. Abhören ist nur unter bestimmten Bedingungen erlaubt, bei Erpressung zum Beispiel oder schwerem Bandendiebstahl und Hehlerei«, gab Ivonne zu. »Aber mir geht es vor allen Dingen um die Zeit, die ich aufbringen müsste, um den offiziellen Weg zu gehen. Ich müsste versuchen, mein Vorhaben gegen alle Widerstände und entgegen der gesetzlichen Vorgaben durchzusetzen. Was, wenn der Täter in der Zwischenzeit wieder zuschlägt?«

»Keine leichte Entscheidung.«

»Zumal mein Chef bei äußerst skeptisch sein wird. Schließlich habe ich keine Augen-, sondern nur eine Hörzeugin.«

»Dann hat er die Auris Thriller von Fitzek und Kliesch nicht gelesen.«

»Welche Thriller?«

»Die Auris Thriller. Da geht es um den berühmten Phonetiker Hegel. Dem reicht zum Beispiel die kleinste Abweichung im Klang einer Stimme, um eine Lüge von der Wahrheit zu unterscheiden.«

»Mir würde schon reichen, dass Kerstin hört, wenn sich jemand am ECMO-Gerät zu schaffen macht.«

»Willst du deshalb deinen Chef vorerst nicht informieren und ihn außen vor lassen?«

»Am liebsten würde ich ihm ein Erfolgserlebnis präsentieren, damit er über die Sache mit den Wanzen hinwegsieht.«

»Du meinst, nach dem Motto: Der Zweck heiligt die Mittel?«

»Du übertreibst! So schlimm wäre es ja auch nicht. Ich foltere ja niemanden oder drohe ihm Gewalt an, um ein Geständnis zu erpressen. Als betroffener Patient wäre ich froh, wenn jemand ein Auge auf mich hat.«

»In diesem Fall ein Ohr.«

»Von mir aus auch das.«

Ivonne lächelte, obwohl sie immer noch innerlich zerrissen war, ob sie diesen illegalen Weg wirklich beschreiten sollte. Würde sie damit Grenzen verschieben, die nicht verschoben werden dürfen? Diese Auslegung ihrer Befugnisse würde ihr zu Recht mächtig Ärger einbringen, ungeachtet eines möglichen Fahndungs-erfolges. Und würde sie – wenn sie erst einmal damit angefangen hatte – in Zukunft diese Grenzen immer wieder in Frage stellen?


»Ich habe mich entschieden", ließ Ivonne Clara nach einer schlaflosen Nacht wissen. »Einen Versuch ist es auf jeden Fall wert, lass uns deine Kollegin ins Boot holen.«

Kerstin musste nicht lange überredet werden.

»Klar, bin ich dabei«, entschied sie entschlossen.

»Wir bewegen uns mit dieser Aktion am Rande der Legalität", gestand Ivonne ihnen beiden.

»Willst du den Kerl schnappen oder nicht?«

»Auf jeden Fall.«

»Dann ist es abgemacht.«

## 2021

Nicht einmal zwanzig Gramm schwer, zweifach gefaltet, kuvertiert und per Frankiermaschine abgestempelt, lag der Brief ungeöffnet auf unserem Esstisch. Der Brieföffner lag geduldig daneben. Ich starrte ihn an, wie eine Maus eine Giftschlange anstarrt, die auf der anderen Seite eines viel zu engen Terrariums in Angriffsstellung gegangen war. Unfähig mich zu bewegen, lagen meine Hände in meinem Schoß. Doch du zögertest keine Sekunde. Mit einem energischen Schnitt öffnetest du den Umschlag und entnahmst das Schreiben des Jugendamtes.

»Liebes Ehepaar Wiener, wir freuen uns, Ihnen mitteilen zu können...«
Ich wartete den Rest des Satzes gar nicht erst ab, sondern sprang auf und umrundete den Tisch im Bruchteil einer Sekunde. Tränen der Erleichterung rannen mir über die Wangen und vermischten sich mit deinen Freudentränen. Wir würden Eltern werden. Wir würden ein neues, spannendes Kapitel unseres gemeinsamen Lebens aufschlagen. Ich stürmte in die Küche und holte die Flasche Sekt aus dem Kühlschrank, als es an der Haustür klingelte.

»Oh nein, nicht jetzt!« Nichts und niemand sollte diesen kostbaren Augenblick zerstören.

»Ich gehe schnell nachschauen«, sagtest du und ich kämpfte weiter mit dem widerspenstigen Verschluss der Flasche. Der Korken schoss im selben Moment gegen die Zimmerdecke, als ich ein dumpfes Geräusch im Flur vernahm. Als ich nachsah, kauertest du am Boden. Neben dir lag ein weiterer geöffneter Briefumschlag. Der Inhalt steckte zerknüllt in deiner Hand, die du fest an deine Brust presstest.

## Neuntes Kapitel

Clara klopfte an die seitliche Tür des mausgrauen Sprinters, der unauffällig in der Nähe des Eingangs der Klinik parkte. »Alles vorbereitet?«, fragte Ivonne, während sie die Schiebetür wieder ins Schloss schob. Clara nickte, doch ihr Gesichtsausdruck sprach Bände.

»Aber ...?«, hakte Ivonne nach.

»Wir können die ganze Sache für heute Abend abblasen«, antwortete Clara resigniert, während sie es sich auf der schmalen Sitzbank bequem machte.

»Wieso?«, fragten Kerstin und Ivonne wie aus einem Mund.

»Justin hat sich gerade krank gemeldet. Er sagt, er habe Magen-Darm.«

Fuck, dachte Ivonne, sprach es aber nicht laut aus, denn sie wollte ihre Enttäuschung vor Clara und Kerstin verbergen. Sie war es schließlich, die unter Erfolgsdruck stand, nicht die beiden. Die Frauen lehnten sich mit dieser Aktion ebenfalls ziemlich weit aus dem Fenster, ungeachtet der möglichen Konsequenzen für ihre eigenen beruflichen Karrieren.

»Okay, dann ... «, begann Ivonne, doch sie wurde im gleichen Moment unterbrochen.

»Psst, ich glaub' ich hör was«, flüsterte Kerstin in die angespannte Stille hinein.

»Welches Zimmer?«, fragte Ivonne leise und Clara schaute auf den Plan.

»Nummer vier.« Dann lauschten sie weiter, begierig darauf zu erfahren, wer sich dort um diese Zeit herumtrieb.

»Das ist Michael, ein Pfleger von Station 3.«

»Bist du dir sicher?«, fragte Ivonne und Kerstin nickte.

»Der hat auf der Intensiv gar nichts zu suchen«, meinte Clara.

»Wieso?«, hakte Ivonne nach.

»Wie gesagt, falsche Station. Außerdem hat er heute keinen Dienst«, ergänzte Clara.

»Psst!«, zischte Kerstin und Clara und Ivonne verstummten augenblicklich.

»Er steht ganz nah am Mikro, also nahe am Bett. Er bewegt sich langsam, jetzt zieht er eine Schublade auf. Jetzt schließt er sie wieder und öffnet die nächste Schublade.«

»Kannst du hören, ob irgendeins der Überwachungsgeräte Alarm schlägt?«, flüsterte Clara.

»Nein, alle laufen unverändert.«

»Okay, wir warten noch ein wenig«, murmelte Ivonne.

»Dritte Schublade. Er wühlt durch die Sachen.«

»Ich denke, jetzt ist es an der Zeit mal nachzuschauen, was Michael da treibt.«

Clara und Ivonne verließen den Kastenwagen.

»Kerstin, du bleibst bitte hier und hältst die Stellung, falls sich etwas in den anderen Zimmern tut.«

»Mach ich.«

Lautlos schlichen Ivonne und Clara durch den Flur der Intensivstation auf das Zimmer vier am Ende des Ganges zu. Die Kommissarin ergriff die Türklinke und schob die Tür einen Spalt weit auf. Gerade soweit, dass sie an den Lichtschalter heran kam und das Zimmer in gleißendes Licht tauchte.

»Hände weg vom Patienten!«

Ivonnes scharfe Stimme ließ den Pfleger unwillkürlich beide Arme nach oben reißen.

»Michael, was zum Teufel ... ?«

Die Frage blieb Clara förmlich im Halse stecken, denn die Antwort ragte deutlich aus der rechten Hand des ertappten Pflegers hervor. Er hielt eine Brieftasche in der Hand.

»Ich ... äh ...« Michael erkannte, dass jede Erklärung vergebens sein würde und ließ sowohl den Kopf als auch die Arme hängen. Mit zwei Schritten war Ivonne bei ihm und nahm das Portemonnaie an sich.

»Michael ...«, versuchte es Clara erneut, brachte aber auch diesen Satz nicht zu Ende. Der Inhalt der Börse schloss den Pfleger definitiv als dessen Besitzer aus, und Michael wusste, dass er verloren hatte.

Der von Ivonne angeforderte Streifenpolizist fuhr mit einem Häufchen Elend ins Revier.

»Ich befürchte, Station drei muss den aktuellen Dienstplan umschreiben«, meinte Clara trocken und Ivonne zuckte mit den Schultern. »Ich denke, wir machen Schluss für heute. Lass uns Kerstin erlösen.«

»Soll ich dich nach Hause fahren?«, fragte Ivonne, doch Kerstin schüttelte den Kopf.

»Aber es ist schon dunkel draußen«, rutschte es ihr heraus.

Kerstin grinste.

»Ach nee, jetzt wo du es sagst, fällt es mir auch auf.«

»'ntschuldige, ich wollte nicht...«, stammelte Ivonne und kam sich reichlich blöd vor.

»Hör auf dich zu entschuldigen. Es ist alles gut.«

»Okay, dann fahre ich noch aufs Revier, um persönlich bei der Vernehmung von Michael dabei sein zu können. Ich melde mich morgen bei euch.«

## 2021

»Sie werden verstehen, dass wir unter diesen Umständen unsere Entscheidung revidieren müssen.« Die Worte der Sachbearbeiterin des Jugendamtes klangen hohl, leer, unser Nicken folgte mechanisch.

»Nun geht die Gesundheit Ihrer Frau vor. Nach der Chemo sehen wir weiter. Wir...« Du hobst die Hand und die Mitarbeiterin verstummte. Jedes weitere Wort wäre zu viel gewesen.

»Danke.«

Du nahmst deine Tasche und wir verließen das kleine Büro. Es gab grundsätzlich keine Altersgrenze für adoptionswillige Eltern. Als Faustregel galt, dass der Altersunterschied zwischen den Eltern und dem Kind nicht mehr als vierzig Jahre betragen sollte. Die Aussicht, einem Säugling ein Zuhause geben zu können, konnten wir somit so gut wie begraben. Für eine Adoption im Ausland fehlten uns einfach die finanziellen Mittel, und auch dieser Weg würde mindestens zwei Jahre oder mehr in Anspruch nehmen.

»Hey, keine Windeln wechseln, keine durchwachten Nächte, sofort rein ins pralle Leben, hm?«

Meine Worte sollten dich aufmuntern und du hast mir den Gefallen getan und hast gelächelt. Deine kleinen Grübchen waren in den hohlen Wangen verschwunden. Dein blondes Haar war büschelweise ausgefallen und auch deine Sommersprossen hatten ihre Leuchtkraft verloren. Aber noch glomm die Hoffnung in deinen Augen, die trotz aller Medikamente und deren brutalen Nebenwirkungen weiterhin tiefblau leuchteten.

## Zehntes Kapitel

Ivonne schloss die Tür hinter sich und straffte die Schultern. Der Anpfiff, den sie gerade kassiert hatte, hatte es in sich gehabt. Natürlich hatte ihr Chef von der Verhaftung gehört und Ivonne daraufhin in sein Büro gebeten. Der Pfleger hatte ein umfangreiches Geständnis abgelegt, was in diesem Fall eine kluge Entscheidung gewesen war. Er hatte gesungen wie ein Vögelchen, so dass an diesem Morgen auch gleich ein Haftbefehl für seinen Komplizen Justin rausgegangen war.

Die beiden hatten sich gegenseitig Tipps über Patienten gegeben, die reichlich Bargeld, wertvolle Uhren oder Schmuck unvorsichtigerweise in den Schubladen ihrer Beistelltischchen oder Kleiderschränken aufbewahrt hatten. Das Duo hatte dann immer im Revier des anderen gewildert, um so jeweils ein Alibi vorweisen zu können. Die Beute wurde fifty–fifty geteilt.

Trotz des Erfolges und der Verhaftung zweier Diebe konnte Ivonnes Chef nicht darüber hinweg sehen, wie es dazu gekommen war. Dementsprechend ungehalten war dessen Reaktion auf die nicht genehmigte Aktion. Seine unmissverständliche Aussage lautete: Sofortiger Abbruch! Und wenn Ivonne nicht bis zum Ende der nächsten Woche Beweise, brauchbare Indizien oder wenigstens einen wirklichen Ermittlungsansatz vorweisen könnte, käme die ganze Sache zu den Akten.

Da es Freitag war, gönnte sich Ivonne einen früheren Feierabend und auch Florian sah zu, dass er pünktlich das Pathologische Institut des Klinikums verließ. Sie trafen sich seit langem Mal wieder zu einer Pizza bei Paolo, der sich freute, seine Stammgäste wieder live zu sehen.

Nachdem sie die Getränke und das Essen bestellt hatten, erzählte Ivonne Florian von dem Anschiss, den sie heute kassiert hatte.

Florian versuchte, sie mit den Informationen, die er zur Verteilung von Intensivbetten und dem Einsatz von ECMO Geräten recherchiert hatte, ein wenig abzulenken.

»Seit letztem Jahr ist Deutschland in ein sogenanntes Kleeblatt mit fünf Blättern eingeteilt: Nord, Ost, Süd, Südwest und West. Werden Intensivbetten knapp, helfen sich die Kliniken über dieses Netzwerk gegenseitig aus. Bei der Zuweisung der Betten gibt es ethische Prinzipien, ähnlich der DIVI Vorgaben. Grundsätzlich gilt bei der Priorisierung das Gleichheitsprinzip. Das Alter des Patienten, bestimmte Grunderkrankungen oder körperliche Einschränkungen dürfen keine Rolle spielen, ebenso wenig wie der Impfstatus. Zur Hochzeit der Pandemie wurden gut die Hälfte der Betten für Corona Patienten reserviert und andere Schwerkranke hatten oft das Nachsehen. Zudem gibt es seitens der Ärzteschaft Stimmen, die den Einsatz der künstlichen Lungen während der Pandemie insgesamt als zu unkritisch und zu wenig reglementiert eingestuft hatten. ECMO Geräte gehören in erfahrene Hände. Spezialisierte Kliniken weisen deutlich bessere Erfolgsquoten auf. Gerade viele kleinere Häuser verfügen nicht über diese Expertise. Auch nach einer vermeintlich erfolgreichen Behandlung sind trotzdem noch nicht alle Patienten über dem Berg. Einige sterben im Folgejahr oder haben mit Spätfolgen zu kämpfen. Einige Ärzte plädieren mittlerweile dafür, bei der Behandlung von Patienten im hohen Alter mehr Zurückhaltung beim Einsatz der künstlichen Lunge zu zeigen.«

»Du meinst, die Behandlung würde den Tod nur unnötig herauszögern?

»Drastisch ausgedrückt ja.«

»Vielleicht ist es genau das!«, rief Ivonne plötzlich aus und hätte sich beinahe mit der flachen Hand vor die Stirn geschlagen. Paolo bewahrte sie davor, da er gerade mit zwei großen Tellern an ihren Tisch herantrat, von denen es köstlich roch.

»Oh Mann, Florian wir waren so blind!«, behauptete Ivonne, die leckere Pizza ignorierend.

»Waren wir das?«

»Die Lösung lag die ganze Zeit direkt vor uns.«

»Aha.«

»Die eine wirkliche Gemeinsamkeit!«

»Corona, Intensivstation, ECMO? Also, ich zähle drei.«

»Ja, auf den ersten Blick schon. Sie alle hatten Corona und alle lagen auf der Intensivstation. Aber ...«

»Im Gegensatz zu den anderen Corona Patienten auf der IS waren nur sie an einem ECMO Gerät angeschlossen«, erkannte Florian.

»Bingo! Und was wenn genau das ihnen zum Verhängnis geworden ist?«

»Aber, das Motiv Rache hatten wir doch schon ...«

Florian konnte Ivonnes Gedankengang in diesem Moment nicht ganz folgen.

»Ich spreche jetzt ja auch nicht vom Motiv.«

»Sondern?«

»Von der Tatwaffe.«

Florian ließ das Stück Pizza, in das er gerade herzhaft hinein beißen wollte, wieder sinken.

»Du meinst, er manipuliert die Geräte und führt damit den Tod der Patienten herbei oder nimmt ihn zumindest billigend in Kauf?«

»Wieso nicht?«, verteidigte Ivonne ihre These.

»Ich wüsste nicht, wie er dies tun sollte.«

»Ich auch nicht, aber das ließe sich sicherlich herausfinden. Irgendjemand muss diese ECMO Geräte ja herstellen und da werde ich gleich am Montag mal anklopfen.«

Florian zog seine Nase kraus.

»Die werden voraussichtlich ziemlich blocken.«

»Inwiefern?«

»Nun ja, sollte es sich in der Branche herumsprechen, dass ein Gerät anfällig oder sogar manipulierbar ist, könnte ich mir gut vorstellen, dass das das Aus für das Unternehmen ist. Zudem wäre es ein gefundenes Fressen für die Presse und ein Elfer aufs leere Tor für die Konkurrenz.«

»Ich werde behutsam vorgehen«, meinte Ivonne und widmete sich endlich ihrem Abendessen.


## 2021

»Sie müssen doch etwas tun können!« Ich hasste es, als Bittsteller auftreten zu müssen. Aber das letzte halbe Jahr hatte mich gelehrt, dass ich noch weniger erreichte, wenn ich die Ärzte oder die Klinikleitung anschrie, beschimpfte oder ihnen drohte, sprich Ärger machte. Bitten, betteln, demütig um Audienzen bittend, so hoffte ich ans Ziel zu kommen. Und das bedeutete, eine neue Lunge für Mareike.

»Ihre Frau steht schon ganz weit oben auf der Transplantationsliste. Vielleicht haben wir Glück und es geht schneller als gedacht.« Das Lächeln der Oberärztin machte nicht einmal den Versuch, die Augen zu erreichen. Ihr leeres Gerede war reine Hinhaltetaktik.

Doch diesmal war ich vorbereitet und würde mich nicht abwimmeln lassen. Ich hatte mich im Internet informiert und war auf einen Artikel über Beatmungssysteme gestoßen. Die ganze Nacht über hatte ich damit zugebracht, mich über die Einsatzmöglichkeiten sogenannter ECMO Geräte zu informieren.

Die Klinik verfüge weder über ein solches Gerät noch über entsprechend geschultes Personal, war die lapidare Antwort der Ärztin auf mein Anliegen, meine Frau an ein solches Gerät anzuschließen, damit sich ihre Lunge erholen konnte. Auch meinem Plan B, Mareike in ein anderes Krankenhaus mit entsprechender Ausstattung verlegen zu lassen, erteilte sie eine Absage, mit der Begründung, meine Frau sei nicht transportfähig. Ein weiteres Mal musste ich die Klinik verlassen, ohne den Hauch einer Chance, das Leiden von Mareike zu lindern und ihr die nötige Erholung zu verschaffen, die ihr geschwächter und ausgemergelter Körper so dringend brauchte. Es waren gleich zwei Wettläufe gegen die Zeit, die uns unaufhaltsam durch die Finger rann.

## Elftes Kapitel

»**V**ielen Dank, dass Sie sich so kurzfristig Zeit nehmen Herr Wolter«, begann Ivonne das Gespräch.

»Ihr Anruf hat mich überrascht«, antwortete ihr Gegenüber und bot der Kommissarin an, doch bitte Platz zu nehmen.

»Und er hat mich auch neugierig gemacht«, fügte er mit einem Lächeln hinzu. »Ein ECMO Gerät als Tatwaffe.«

Er lehnte sich in seinem Chefsessel aus dunklem Leder zurück.

»Ich weiß, das klingt wahrscheinlich weit hergeholt, aber ich möchte einfach sicher gehen, keine noch so absurde Spur außer Acht zu lassen.«

»So abwegig ist dieser Gedanke gar nicht«, entgegnete Wolter, »fast alle Komponenten des Gerätes könnten manipuliert werden, um den Patienten bewusst zu schaden oder ihn gar zu töten.«

Nun war es an Ivonne, überrascht zu sein. Das von Florian prophezeite Blocken hatte sich mit dieser Aussage von Herrn Wolters in Luft aufgelöst.

»Könnten Sie mir diese Möglichkeiten aufzählen?«, fragte sie, froh über die angenehme Offenheit ihres Gesprächspartners.

»Nun, eine ganz einfache und brachiale Weise den wehrlosen Patienten zu töten, wäre das Kappen des Schlauches. Innerhalb weniger Minuten wäre der Patient ausgeblutet. Oder man könnte die Zuluft vom Oxygenator trennen. Allerdings sollte bei diesen beiden recht groben Vorgehensweisen das vorhandene Alarmsystem umgehend anschlagen. Anders sieht es aus, wenn man über die Zugänge Luft oder Medikamente spritzt.«

»Das hieße aber, der Täter müsste das Risiko eingehen, dem Patienten ganz nahe zu kommen und bei seiner Tat erwischt zu werden.«

Wolter nickte.

»Gibt es noch andere Möglichkeiten, das Gerät oder Teile davon zu manipulieren, ohne so nah an das Gerät heran zu müssen?«

»Die Zentrifugalpumpen verfügen über einen elektromagnetischen Antrieb. Ich könnte mir vorstellen, dass man diesen von außen beeinflussen kann. Aber ich denke, auch in diesem Fall würde das Gerät eine Fehlfunktion melden, denn die Drehzahl und die Pumpleistung werden überwacht.«

»Finden regelmäßige Wartungen an den Geräten statt? So wie ein Auto regelmäßig zum TÜV muss?«, fragte Ivonne.

»Die Prüfintervalle gibt der Hersteller vor. Sie liegen zwischen sechs Monaten und einem Jahr. Das ist abhängig vom Gerätetyp.«

»Und das Krankenhauspersonal?«

»Das ist nicht für den technischen Service zuständig. Dazu haben die Produzenten autorisiertes Servicepersonal. Aber einfache Funktionschecks, zum Beispiel ein Akku-Test oder die Überprüfung des Luftfilters auf Verstopfungen, könnten von den Anwendern selbst durchgeführt werden, wenn sie entsprechend geschult sind.«

»Letzte Frage. Könnte man per Funk eingreifen oder das ECMO hacken?«

Wolter schüttelte den Kopf.

»In den meisten Fällen sind die Geräte nicht an andere Systeme angeschlossen. Es gibt wohl bei einigen Typen, die Möglichkeit, diese an das KIS System des Krankenhauses oder an das Alarmsystem der Station anzuschließen. Somit werden Alarme auch an die zentrale Überwachungsstelle geleitet.«

»Werden die Daten des Geräts gespeichert?«

»Die meisten neueren Geräte verfügen über einen Speicher. Was und wie lange gespeichert wird, hängt vom jeweiligen Typ ab.«

»Jetzt wirklich die allerletzte Frage. Werden die Daten der Behandlung erfasst? Ich meine, ob die Behandlung erfolgreich war oder nicht.«

»Das kommt auf die jeweilige Klinik an. Sie bestimmt, was und wie viel während der Behandlung erfasst wird. Es ist durchaus üblich, dass mehrmals täglich Kontrollen stattfinden, die dann auch schriftlich festgehalten werden. Zudem gibt es ja noch die klassische Krankenakte, in der der Verlauf der Behandlung dokumentiert wird.«

Ivonne machte sich Notizen.

»Der Einsatz eines ECMO Gerätes ist wirklich für alle die Ultima Ratio und wird unter Berücksichtigung aller Patientendaten gründlich abgewogen«, fasste Herr Wolter zusammen. »Diese Apparatur gehört nur in erfahrene Hände. Viele kleinere Kliniken haben diese nicht unbedingt. Als erfahren gelten Krankenhäuser mit zwanzig bis dreißig Patienten pro Jahr. Die ersten Ergebnisse mit dem Einsatz von ECMO Geräte bei Covid Patienten im Jahr 2020 waren ernüchternd. Die Sterberate lag bei weit über 90 %. Die meisten Kliniken waren daher eher zurückhaltend, was den Einsatz der kostspieligen Behandlung anging. Neuesten Erhebungen zufolge liegt die Erfolgsquote mittlerweile bei circa fünfzig Prozent.

Immer abhängig vom Allgemeinzustand und Alter des Patienten. Eine Häufung, wie Sie sie beschreiben, mag außergewöhnlich sein oder eben doch nur reiner Zufall. Es gibt komplett hoffnungslose Fälle, die dank ECMO überlebt haben und wieder andere ...«

Er ließ den Satz unbeendet im Raum stehen.

»Sie haben mir sehr geholfen«, sagte Ivonne und erhob sich. Auch Wolter stand auf und geleitete sie zur Tür.

»Falls Ihnen noch weitere Fragen einfallen, melden Sie sich einfach«, meinte er und überreichte Ivonne seine Visitenkarte.

»Das werde ich«, versprach Ivonne.

»Ich wünsche Ihnen viel Glück.«

»Erfolg wäre mir lieber.«

Wolters Aussage über die niedrige Erfolgsquote begleitete Ivonne auf der gesamten Fahrt zurück in die Stadt. Sie hätte diese weitaus höher eingeschätzt. Sie hielt einen Moment inne. Dann atmete sie bewusst ein und aus. Normalerweise lief dieser Prozess doch ganz automatisch und nebenher ab, ohne wirklich Aufmerksamkeit zu erhalten. Dabei war es eine so komplexe und vor allen Dingen lebenswichtige Körperfunktion, bei dessen Ausfall die medizinischen Ersatzmöglichkeiten an ihre Grenzen stießen.

## 2021

»Wir haben bis zuletzt gehofft. Wir...«

Ein Wir gab es für mich seit diesem Moment nicht mehr. Das Klingeln des Telefons hatte mich um vier Uhr in der Früh aus dem Tiefschlaf gerissen. Ich war – alle Geschwindigkeitsbeschränkungen und rote Ampeln ignorierend – quer durch die Stadt gerast, um letztendlich doch fünf Minuten zu spät zu kommen. Ich konnte mich nicht von Mareike verabschieden. Ihr ein letztes Mal sagen, dass ich sie liebe. Ihre Augen waren geschlossen. Nie wieder würde ich in ihrem tiefen Blau versinken können.

Ich konnte es nicht ertragen, meine Frau auf diesem Stück des Weges nicht begleitet zu haben und stürmte aus dem Zimmer. Ich irrte ziellos auf der Intensivstation umher, taumelte blind vor Tränen gegen Wände, Türen und Wäschewagen. Irgendwann stolperte ich in ein leeres Zimmer, schlug die Tür hinter mir zu und ließ mich am Türblatt hinab auf den Boden gleiten. Ich weiß nicht wie lange ich in dieser Position ausgeharrt hatte. Zeit hatte keinerlei Bedeutung mehr für mich. Es mochten zehn Minuten oder zehn Stunden gewesen sein. Irgendwann wurde mir die Tür unsanft gegen den Rücken gestoßen und ich vernahm zunächst einen erschrockenen Schrei und anschließend aufgeregtes Getuschel.

»Herr Wiener, Sie müssen das Zimmer verlassen. Wir benötigen es dringend für einen anderen Patienten.«

Ich rappelte mich auf und trat einen Schritt zur Seite, um die Krankenschwester und die Apparatur, die sie hinter sich herzog, passieren zu lassen.

»Ist das ein ECMO Gerät?«, fragte ich mit belegter Stimme.

»Äh, ja ... kennen Sie sich aus? Sind Sie vom Fach?«

»Seit wann ...« Mir versagte die Stimme und ich musste mich räuspern. »Seit wann verfügen Sie über dies Gerät?«

»Es kam vor zwei Tagen ...«

„Bereits vor zwei Tagen! Warum wurde es nicht sofort meiner Frau zur Verfügung gestellt?"

„Ich ... ich weiß nicht. Das Gerät ist für einen Covid Patienten angefordert worden."

„Und wer hat diese Entscheidung getroffen?"

„Das ... das kann ich Ihnen nicht sagen. Bei der Auswahl spielen ... äh ... viele ... äh ... Faktoren eine Rolle."

In diesem Moment wurde mir klar, sie hatten Mareike bereits aufgegeben. Sie hatten ihr Leben geopfert für einen anderen. Sie hatten sie aussortiert, abgeschrieben. Das ganze Geschwafel und das Hinhalten. Sie hatten nie wirklich die Absicht gehabt, Mareike zu retten.

Ich stürmte aus dem Zimmer. Mein gellender Schrei hallte durch die gesamte Station. Jeder Gegenstand, der mir in die Quere kam, wurde von mir durch die Luft geschleudert. Jeden, der es wagte, sich mir in den Weg zu stellen, stieß ich grob beiseite. Am Ende benötigten sie fünf Männer, um mich zu überwältigen und zu Boden zu ringen.

Ich hatte mich widerstandslos abführen lassen und verbrachte die Nacht in einer Zelle. Sie hatten mir vorsorglich Gürtel und Schnürbänder abgenommen, und ich hörte, wie sich alle dreißig Minuten jemand am Guckloch der Tür zu schaffen machte. Ich würde mich nicht umbringen, ich war schon tot. Alle Tränen waren aufgebraucht, jegliches Gefühl abgestorben.

Diese unerträgliche Leere, die ich nach Mareikes Tod empfunden hatte, füllte sich mit Wut. Mit maßloser Wut, aus Wut wurde Hass, der nur auf eines aus war: Rache. Und ich war bereit, diesen Rachedurst zu stillen. Ich hatte nichts mehr zu verlieren und lebte nur noch dafür, ihren unnötigen Tod zu rächen. Nun würde ich es sein, der über Leben und Tod entschied.

## Zwölftes Kapitel

»Tja, dann muss nicht nur Station drei einen neuen Dienstplan erstellen.«

Clara stöhnte, als Ivonne ihr am Nachmittag die Ergebnisse der Befragung der beiden Pfleger mitteilte.

Ihre Menschenkenntnis hatte sie zwar nicht getäuscht, aber das war nun völlig nebensächlich.

»Das ist noch eine der besseren der schlechten Nachrichten. Jetzt kommen die wirklich unangenehmen. Mein Chef hat mich zusammengestaucht. Wir müssen die Aktion umgehend abbrechen. Keine weiteren Nachtschichten mehr.«

»Das tut mir sehr leid für dich«, meinte Clara mitfühlend. »Hast du einen Moment? Dann entferne ich sofort die Wanzen aus den Zimmern.«

»Klar, ich warte hier. Oder nein, können wir uns bei Kerstin treffen? Dann bringe ich auch sie auf den neuesten Stand.«

»Gute Idee, bis gleich.«


»Hallo Ivonne.«

Die Tür zu Kerstins Büro hatte offen gestanden und Ivonne war nicht einmal dazu gekommen zu klopfen. Kerstin musste sie bereits am Gang erkannt haben, obwohl sie sich erst einmal begegnet waren.

»Wow«, entfuhr es Ivonne unweigerlich, was Kerstin ein Lächeln auf ihr hübsches Gesicht zauberte.

»Lass hören«, forderte sie die Ermittlerin ungeduldig auf.

Clara stieß in dem Moment zu ihnen, als Ivonne Kerstin darüber in Kenntnis setzte, dass es bei dieser einmaligen Abhöraktion bleiben würde.

»Mist«, schimpfte Kerstin und rieb sich das Kinn, »dabei hat es so gut funktioniert.«

»Ich würde ebenfalls gerne dranbleiben, weil ich denke, dass wir absolut auf dem richtigen Weg sind, aber mir sind die Hände gebunden. Ohne eindeutige Indizien können wir nicht weiter Nacht für Nacht illegal Patienten belauschen und hoffen, dass uns dabei irgendwann der Täter über den Weg läuft.«

»Apropos, über den Weg laufen«, nahm Kerstin den Faden auf, »vielleicht hat es nichts zu bedeuten, aber gestern Abend auf dem Nachhauseweg hatte ich eine merkwürdige Begegnung. Der Weg draußen am Klinikgebäude entlang ist zwar länger, aber dafür ist er mit weniger Hindernissen gespickt. Durch den Eingangs-bereich hindurch ginge es deutlich schneller, aber der ist für mich das reinste Labyrinth. Den Reinigungskräften ist nicht bewusst, dass sie mir wortwörtlich Steine in den Weg legen, wenn sie Abfalleimer, Blumenkübel oder Zeitschriftenständer immer wieder an eine andere Stelle stellen oder verrücken und seien es auch nur wenige Zentimeter. Die Schritte meines Gegenübers stockten, als er auf mich zukam, unschlüssig, ob er weitergeben sollte. Er war wohl überrascht, jemanden zu dieser Zeit dort anzutreffen. Jedenfalls verharrte er einen Moment, bevor er ein paar Schritte rückwärtsging und sich dann zügig entfernte. Ich denke, er hat bemerkt, dass von mir keine Gefahr ausging. Trotzdem zog er es vor, seinen Weg nicht fortzusetzen. Und ich frage mich seit gestern Nacht warum.«

»Welche Räume befinden sich dort unten?«, fragte Ivonne.

»Die Küche und die Lagerräume«, antwortete Clara.

»Gibt es in dem Bereich der Klinik zufällig Kameras?«

»Die brauchen wir in diesem Fall nicht ...«

»Sag nicht, du hast die Schritte erkannt?«, fragte die Ermittlerin.

»Wer ist es?«, fragte Clara.

»Keine Sorge«, beschwichtigte Kerstin ihre Kollegin umgehend, da sie die Panik in deren Stimme herausgehört hatte. »Es ist keiner von uns. Im ersten Moment war ich mir nicht ganz sicher, da ich die Schritte länger nicht gehört hatte, und auf Asphalt kommen die anders rüber, als auf Linoleum ...«

»WER?«, fragte nun Ivonne, die mindestens ebenso ungeduldig auf eine Antwort wartete wie Clara. Doch Kerstins Erwiderung war eine Gegenfrage an ihre Kollegin.

»Erinnerst du dich an das Ehepaar Wiener?«

Die Angesprochene runzelte die Stirn.

»Hilf meinen grauen Zellen bitte ein bisschen auf die Sprünge.«

»Das Ehepaar Wiener. Ich glaube, sie hießen Harald und Mareike. Sie war an Krebs erkrankt und wartete dringend auf eine Organspende.«

»Richtig, jetzt wo du es sagst, fällt mir der traurige Witwer wieder ein.«

Man sah Clara deutlich an, dass sie sich ärgerte, dass ihr dies Ereignis erst jetzt ins Gedächtnis kam, und sie begann sogleich, Ivonne aufzuklären.

»Wir hatten Anfang Februar einen Todesfall, aber es war keine Covid Patientin. Frau Wiener war an Lungenkrebs erkrankt und wartete dringend auf eine Organspende. Ihre Lunge war schon ziemlich geschwächt und sie bekam wie gesagt kaum noch Luft. «

»Hätte man ihr durch ein ECMO Gerät helfen können?«

»Durchaus. Ihre Lunge hätte Zeit gehabt, sich zu erholen, bis ein Organ zur Verfügung gestanden hätte.«

»Aber das hätte doch auch Monate dauern können, oder?«

Clara nickte.

»Unter Umständen kann man die Behandlung mit einem ECMO solange durchführen.«

Ivonne stutzte. Florian hatte von zwei bis vier Wochen gesprochen, aber nicht von Monaten. Vielleicht hatten sie die ganze Zeit an der völlig falschen Stelle gesucht. Mann!

»Herr Wiener ist damals komplett ausgerastet und hat alles kurz und klein geschlagen, als er erfuhr, dass ein Gerät zur Verfügung gestanden hätte.«

»Hätte seine Frau denn gerettet werden können?«

»Das kann man nicht mit Sicherheit sagen, aber ihr Mann wird es so gesehen haben.«

## 2021

»Nein, keine öffentliche Beerdigung, keine Karten, keine Annonce, nichts. Es wird eine anonyme Urnenbeisetzung ohne Grabstätte oder Gedenkplatte.«

Der Bestatter schaute konstatiert.

»Überstürzen Sie nichts, Sie müssen das nicht heute...«

Ich unterbrach ihn barsch.

»Es gibt noch andere Beerdigungsunternehmen. Entweder wir machen es so wie ich es sage oder wir können das Ganze hier und jetzt beenden.«

Fünf Minuten später setzte ich meine Unterschrift unter den Vertrag. Ich würde weder zur Beisetzung gehen, noch den Friedhof jemals betreten.

## Dreizehntes Kapitel

Florian hatte einen Scheißtag hinter sich. Erst war ihm ein ganzer Stapel Präparate auf den Boden gefallen und er hatte damit das Tageswerk zweier Mitarbeiter der Pathologie binnen Sekunden zunichte gemacht. Dann hatte sich gegen Mittag die Festplatte seines PCs verabschiedet. Somit waren seine noch nicht gesicherten Eingaben des Vormittages verloren. Eigentlich speicherte Florian immer alle Daten sofort ab, aber gerade heute hatte eine Not OP seinen Tagesplan gehörig durcheinander gebracht. Während er einen Schnellschnitt bearbeitete und das Ergebnis dem wartenden Chirurgen mitgeteilt hatte, hatte sich die Festplatte verabschiedet. Die tägliche Speicherung, die jede Nacht automatisch um Punkt zwölf stattfand, half Florian in diesem Moment auch nicht wirklich weiter. Deshalb musste er nochmals bei null anfangen.

Auch bei Ivonne hätte der Tag kaum mieser sein können. Trotz der Verhaftung des Pflegers und seines Komplizen, war sie in ihrem eigentlichen Fall noch nicht wirklich weitergekommen. Vom Anpfiff des Chefs von vergangenem Freitag ganz zu schweigen. Sie fühlte sich von allen Seiten argwöhnisch beobachtet und mied die Kantine, da sie das Gefühl hatte, dass, wenn sie einen Raum betrat, die Gespräche um sie herum verstummten. Ihr Vorgesetzter hatte ihr erneut die Pistole auf die Brust gesetzt. Sie hatte bis Ende der Woche Zeit, sonst käme der Fall zu den Akten. Von Kerstins Beobachtungen hatte sie ihrem Vorgesetzten erst gar nichts erzählt.

Sie würde zunächst selbst ermitteln, bevor es womöglich wieder eine falsche Spur war und sie Herrn Wiener völlig zu Unrecht verdächtigte. Das Ergebnis ihrer bisherigen Ermittlungen fiel daher recht bescheiden, um nicht zu sagen ziemlich beschissen aus. Sie stand noch immer bei null.

Zudem hatte Ivonne durch das Gespräch mit Clara und Kerstin erfahren, dass Florian sie nicht ausreichend über alle Einsatzmöglichkeiten der ECMO Geräte informiert hatte. Ivonnes ganzer Frust fokussierte sich nun auf ihn. Gleich am Abend warf sie es ihm an den Kopf.

»Das stimmt«, sagte Florian, als Ivonne ihm von ihrem Gespräch mit Clara und Kerstin berichtete. »Manchmal kommen die ECMO Geräte über einen deutlich längeren Zeitraum zum Einsatz.«

»Und warum hast du mir das nicht früher gesagt?« Ivonne schüttelte genervt den Kopf.

»Weil du mich nicht danach gefragt hast«, erwiderte Florian. Er legte das Messer zur Seite, mit dem er gerade die Tomaten für den Salat viertelte.

»Du müsstest doch mittlerweile wissen, dass jede Kleinigkeit wichtig ist.«

»Hallo?! Bin ich die Ermittlerin oder du? Was hat dich denn daran gehindert, dich selbst ausreichend zu informieren? Schließlich ist das dein Job!«, konterte Florian, nicht bereit, sich den Schuh anzuziehen, den Ivonne ihm offensichtlich bereitstellte.

»Du hättest...«, begann Ivonne, doch Florian ließ sie nicht ausreden.

»Was hätte ich?«, gab er nun ebenso patzig zurück, »Dir haarklein alle Einsatzmöglichkeiten aufzählen?«

»Warum nicht«, erwiderte Ivonne aufgebracht.

Sie schluckte. So hatte sie es nicht gemeint, aber im Kern hatte sie doch Recht, oder? Hätte Florian ihr früher von dieser weiteren Einsatzmöglichkeit der ECMO Geräte erzählt, dann wäre sie den Fall anders angegangen. Dann hätte sie ihre Ermittlungen breiter gefächert. Sie hätte ... Mann! Hätte, hätte Fahrradkette. Mit gegenseitigen Vorwürfen würden sie nicht weiterkommen. Sie sah, wie Florian sorgsam das Messer säuberte und zur Seite legte.

»Ich bin also dein treudoofer Assi, den du, wenn es mal nicht so gut läuft, dafür verantwortlich machen kannst«, sagte er leise, während er sich die Hände abtrocknete.

»Du weißt, dass das nicht stimmt.«

»So, weiß ich das? Dann erklär mir doch mal, was ich eigentlich für dich bin?«

Die Frage war raus und hing nun in der dicken Luft, die sich zwischen ihnen aufgestaut hatte.

Ivonne schwieg und zwar genau die Sekunden zu lang, die Florian nutzte, um seinen Schlüssel zu packen und Ivonnes Wohnung zu verlassen. Er war nicht laut geworden und er hatte auch nicht die Tür geknallt. Er war einfach gegangen. Aber der verletzte Blick in seinen Augen, als sie ihm die Antwort schuldig geblieben war, war fast schwerer zu ertragen gewesen als ein offener Schlagabtausch. Mann, warum hatte sie so überreagiert? Florian hatte ihr ja nicht mit Absicht die Information vorenthalten. Und ja, sie hätte präziser nachfragen oder selbst recherchieren können. Aber musste er deshalb gleich alles in Frage stellen, sogar ihre Beziehung?

Schon auf dem Weg in seine Wohnung fragte sich Florian, warum er überreagiert hatte. An jedem anderen Tag hätte er sich entschuldigt und gemeinsam hätten sie überlegt, welche Konsequenzen diese neue Information für Ivonnes Ermittlungen gehabt hätten.

Warum hatte das heute nicht geklappt? Nur weil er einen schlechten Tag gehabt hatte? Nein, musste er sich eingestehen. Das allein war es nicht.

Ivonne schaute auf das Display ihres Smartphones. Noch keine Nachricht von Florian. Sollte sie den ersten Schritt tun? Hieß es nicht, die Klügere gibt nach? Ivonne musste trotz allen Ärgers schmunzeln und begann zu tippen.

Seine Adoptiveltern hatten es Florian stets vorgelebt. Man ging nicht im Streit auseinander. Florian schaute auf das Display seines Smartphones. Es war keine Nachricht von Ivonne eingegangen. Hatte sie ihm seinen Abgang übelgenommen? Davon konnte er ausgehen. Sollte er den ersten Schritt tun? Schließlich hatte sie angefangen, ihm Vorwürfe zu machen. Aber hieß es nicht, der Klügere gibt nach? Florian holte tief Luft und begann zu tippen. In diesem Moment klingelte sein Telefon.

»Es ...«

»Ich ...«

Sie verstummten gleichzeitig.

»Du zuerst«, bot Florian an.

»Du hattest Recht, ich hätte dich nicht so anmachen sollen. Ich hatte einfach einen Scheißtag. Ich weiß, das ist keine Entschuldigung. Aber ich stehe mächtig unter Druck und muss allmählich Ergebnisse liefern. Sonst kommt der Fall zu den kalten Fischen.« Ivonne war bei der Lektüre des Krimis »Der kalte Fisch« von Volker Kutscher auf diesen Begriff gestoßen. So wurden im Berlin der 1920er Jahre die ungeklärten Mordfälle genannt. Heute hatte sich der Begriff Cold Case durchgesetzt.

»Auch mein Tag war der Horror. Präparate verschmutzt, Not-OP, Festplatte im Eimer.«

»Oh je.« Ivonne wusste von Florians akribischer Arbeitsweise. Er war gut organisiert und arbeitete strukturiert. Geriet dieses Konstrukt durch etwas Unvorhergesehenes ins Wanken, fiel es Florian schwer, sich darauf einzustellen.

»Dann war das wohl heute unser erster Streit«, meinte Florian.

»Und wahrscheinlich nicht unser letzter«, rutschte es Ivonne heraus. Im gleichen Moment hätte sie sich am liebsten auf die Zunge gebissen.

»Ich meine ...«

»Schon okay«, unterbrach sie Florian, während Ivonne sich über ihre direkte Art ärgerte, die sie immer wieder Sachen sagen ließ, die sie gar nicht so meinte. Sie wünschte sich manchmal, ihr Gehirn würde sich einige Sekunden früher einmischen und ihrer Zunge Einhalt gebieten. Florians Pflegeeltern hatten ihn zur Höflichkeit erzogen und vielleicht hatten sie ihn auf Grund seiner Vorgeschichte ein bisschen zu gut behütet, denn Florian hatte nicht nur einen weichen Kern, er hatte auch eine weiche Schale. Gerade deshalb wurmte es sie umso mehr, dass sie ihn heute so angepflaumt hatte, und dann auch noch völlig unberechtigt. Sie überlegte, wie sie es wieder gut machen könnte.

»Soll ich noch vorbeikommen?«, fragte sie. Diesmal war es Florian, der einige Sekunden zu lange mit seiner Antwort zögerte.

»Blöde Idee«, beantwortete Ivonne sich schließlich ihre Frage selbst.

»Wir sehen uns morgen. Schlaf gut«, sagte sie und beendete das Gespräch, bevor Florian antworten konnte.

Warum habe ich nicht ja gesagt, fragte sich Florian, der Ivonne bereits im selben Moment vermisste, als diese das Gespräch beendet hatte. Er warf das Smartphone aufs Sofa und fuhr sich durch die Haare. Verdammt, Ivonne war doch nicht Nicole. Nicole, die einzige Frau in seinem bisherigen Leben, mit der er sich eine gemeinsame Zukunft hatte vorstellen können. Obwohl sie sich oft gestritten hatten, meistens wegen Nichtigkeiten. Größtenteils war der Streit von ihr ausgegangen. Sie hatte ihn immer gerade solange provoziert, bis es zum Streit kam. Der anschließende Verwöhnungssex war ebenso wild wie zerstörerisch. Irgendwann jedoch bekam er einen faden Beigeschmack. Schließlich hatte er sie in flagranti mit einem schmierigen Kerl in ihrem gemeinsamen Schlafzimmer erwischt und die Sache war damit endgültig beendet. Nie zuvor hatte sich Florian einer Frau so nahe gefühlt wie Ivonne. Und doch hielt sie ihn auf Distanz. Nicht körperlich, aber... Er fuhr sich erneut durch die Haare. Die Gedanken, die auf der anderen Seite der Schädeldecke hin und her rasten, ließen sich von dieser nervösen Geste nicht aus der Ruhe bringen, geschweige denn in geordnete Bahnen lenken. Ivonne und er sahen sich nahezu täglich oder telefonierten wenigstens miteinander. Wenn sie unterwegs jedoch auf Kollegen oder Bekannte von Ivonne trafen, stellte sie ihn nicht als ihren Freund vor. Nein, er war Florian, der Pathologe. Punkt. Auch schien Ivonne keinerlei Interesse daran zu haben, ihn mit ihren Eltern bekannt zu machen, obwohl sie schon mehrmals die Gelegenheit dazu gehabt hätte.

Sie ging weiterhin jeden ersten Freitag im Monat alleine zu ihnen, und er war sich fast sicher, dass sein Name – warum auch immer – dort noch nicht einmal gefallen war.

Er schnappte sich die Fernbedienung und zappte sich quer durch die Filmauswahl seines Streaming-Abos. Was er jetzt brauchte, war Ablenkung, bevor die Grübeleien ihm auch noch den Rest des Abends verdarben.

»Schlaf gut.« Die Höchststrafe! Kein »Ich hab' dich lieb«, sondern »Schlaf gut«.

Ivonne pfefferte ihr Smartphone in die Sofaecke und schnappte sich das nächstbeste Kissen, um es zu malträtieren. Verdammt, Florian war nicht Marcel. Mit ihm hatte sie sich ständig gezofft. Er hatte sie dann meist mit seinem umwerfenden Charme wieder rumgekriegt und sie hatte alle seine Beteuerungen, sich zu bessern, nur zu gerne geglaubt. Bis das bittere Ende kam und sie vor den Trümmern ihre Beziehung stand und noch jahrelang mit dem Auffegen der Scherben und dem Abbezahlen seiner Schulden beschäftigt war.

Florian wollte ein Teil ihres Lebens sein, teilhaben an ihrem Alltag, ihre Eltern kennenlernen, ihre Freunde, ihre Kollegen. Und sie? Was machte sie? Sie blockte das konsequent ab, dabei hätte sich schon mehr als eine Möglichkeit ergeben, ihn zu den monatlichen Essen in ihr Elternhaus mitzunehmen.

Ivonne pfefferte das Kissen quer durchs Zimmer. Dann ging sie an den Kühlschrank, holte eine Flasche Bier heraus und machte es sich vor dem Fernseher bequem. Sie würde sich, wenn es sein musste, die komplette Staffel einer Serie reinziehen, um endlich das nervige Gedankenkarussel in ihrem Kopf zum Stillstand zu bringen.

Irgendwo musste hier auch noch eine angefangene Tüte Chips rumfliegen. Was sie jetzt dringend brauchte, war Ablenkung.

## 2021

Bei meinem letzten Besuch in der Klinik wäre ich bald der Frau aus der Verwaltung in die Arme gelaufen. Ich hatte mich erschrocken und gleich kehrt gemacht. Erst später hatte ich mir den weißen Stock mit der Kugel, den sie vor ihren Füßen hin und her schwenkte, in Erinnerung gerufen und mich über meine unnötige Panik geärgert. Ich werde ein paar Tage warten und mich dann erneut auf den Weg machen.

## Vierzehntes Kapitel

»Oh ja, das tut gut. Du hast magische Hände«, meinte Florian erleichtert.

»Das macht einen XXL Latte Macchiato, plus Puddingstreusel-Teilchen.«

»Kommt sofort.« Florian seufzte ein weiteres Mal, bevor er sich von der Massageliege erhob und sich bei seiner Kollegin Diana für die Erlösung von den üblen Nackenschmerzen bedankte, die ihn seit der letzten Nacht gequält hatten.

»Und nich' wieder fernsehen bis in die Puppen und dann dabei einschlafen. Und wenn doch, dann bitteschön mit Nackenhörnchen.«

»Jawohl«, versprach Florian gehorsam.

Diana Scherer war die gute Seele der orthopädischen Abteilung des Klinikums, doch auch die Mitarbeiter der Pathologie, die in einem separaten Gebäude hinter der Klinik untergebracht war, kamen bei Bedarf in den Genuss ihrer Behandlung. Nach einem Tag, an den man viel zu lange und zu angestrengt durchs das Mikroskop geschaut hatte oder, wie in Florians Fall, in die Röhre, sorgte Diana mit ihrer lockeren Art und den kräftigen Händen für die notwendige Entspannung.

»Gleich nach der Morgenbesprechung springe ich rüber in die Bäckerei und bringe dir beides vorbei.«

»Kein Stress, Jungchen, ich werde schon nich' verhungern.«

Jungchen und Mädchen, so nannte Diana alle Mitarbeiter, die jünger waren als sie. Nur den Leiter der Pathologie nannte sie respektvoll Professor.

Ivonne ließ das heiße Wasser in einem harten Strahl minutenlang auf ihren Nacken prasseln. Ihre Zähne fühlten sich unangenehm pelzig an, da sie gestern Abend zu faul gewesen war, sie zu putzen. Zwar hatte sie sich irgendwann mitten in der Nacht noch vom Sofa Richtung Bett geschleppt, aber für ihre Muskulatur war diese Maßnahme zu spät gekommen. Aus Rache hatte die sich verspannt.

Dementsprechend übellaunig nahm Ivonne am Schreibtisch Platz, um sich erneut ihren Ermittlungen zu widmen. Doch sie merkte, dass ihre Gedanken immer zu der unschönen Szene des gestrigen Abends zurückkehrten und sie sich nicht konzentrieren konnte. Sie zuckte fast zusammen, als ihr Kollege mit den Ergebnissen seiner Recherche zur Klinikbewertung in ihr Büro kam. Er hatte keine Auffälligkeiten oder Häufungen entdecken können, die irgendwie in Richtung Querdenker Szene oder Impfgegner deuteten. Ivonne klappte entnervt die Akte zu, schnappte sich ihre Jacke und verließ das Büro. Sie hatte einen Entschluss gefasst.

»Frau Regina Wiener?«

Das Gesicht der Frau, die Ivonne erst nach dem zweiten Klingeln die Tür öffnete, sah einfach nur verhärmt aus. Ivonnes Mutter nutzte diesen Begriff oft und die Kommissarin befand in diesem Moment, dass er für diese Frau passte wie die Faust aufs Auge. Ivonnes Mutter und Frau Wiener mussten etwa im selben Alter sein, aber es lagen Welten zwischen ihrem Aussehen. Als Frau Wiener Ivonne endlich in die Wohnung bat, zeugten ihr kraftloser Gang und die gebeugte Haltung von den Sorgen, die der zierlichen Frau auf den schmalen Schultern lasteten.

Die Wohnung war spärlich und mit einem zusammengewürfelten Mix alter Möbel ausgestattet, der nicht etwa auf einen schlechten Stil der Bewohnerin hindeutete, sondern vielmehr eines deutlich hervorhob: Frau Wiener lebte am Existenzminimum. Jedoch im Gegensatz zu den Wohnungen, die Ivonne in ihrer bisherigen Dienstzeit häufig betreten musste, war diese aufgeräumt und penibel sauber.

Es hing weder der Geruch von Alkohol noch von Nikotin in der Luft. Nirgends lag Leergut oder sonstiger Müll herum, und keine stinkenden Exkremente unerzogener Haustiere verunzierten den fadenscheinigen Läufer.

»Äh, ... das Kaffeepulver ist mir heute früh ausgegangen. Ich hatte noch keine Zeit, einkaufen zu gehen.«

Frau Wieners Worte holten Ivonne ins hier und jetzt zurück.

»Kein Problem«, winkte sie ab, »ich hatte schon drei Tassen.«

Frau Wiener lächelte und für einen Moment ließ sich erahnen, dass sie mal eine hübsche Frau gewesen sein musste. Sie bat Ivonne, Platz zu nehmen und setzte sich ihr gegenüber.

»Was führt Sie zu mir? Ist etwas mit meinem Mann?«

Ivonne schüttelte den Kopf.

»Nein, es geht um Ihren Sohn Harald.«

Falls Frau Wiener überrascht war, so ließ es sich nicht anmerken.

»Hatten Sie in letzter Zeit Kontakt mit ihm?«

»Seit 2004 habe ich meinen Sohn nicht mehr gesehen.«

Konnte das tatsächlich möglich sein? Nicht ein Lebenszeichen über so einen langen Zeitraum?

»Darf ich Sie fragen, warum?«

Frau Wiener senkte den Kopf, schluckte und begann zu erzählen.

»Harald war ein absolutes Wunschkind. Mein Mann und ich hatten unseren Kinderwunsch nach drei Fehlgeburten schon aufgegeben, aber dann wurde ich ein weiteres Mal schwanger. Auch diese Schwangerschaft verlief nicht so unkompliziert wie erhofft, doch wir kämpften uns von Woche zu Woche. Die Geburt war äußerst anstrengend, trotz allem hätten wir Harald gerne noch ein Geschwisterchen geschenkt. Aber davon rieten uns die Ärzte ab. Und so blieb er ein Einzelkind.«

»Wie alt waren Sie damals?«

»Sechsunddreißig. Harald war ein recht kränkliches Kind und litt unter diversen Unverträglichkeiten und Allergien. Da mein Mann recht gut verdiente, beschlossen wir, dass ich meinen Beruf aufgab, um mich nur um Harald kümmern zu können. Er war ein lieber Junge, ein Sonnenschein, der Liebling aller Lehrerrinnen. Immer fröhlich und anhänglich.«

Frau Wiener hielt einen Moment inne, bevor sie fortfuhr.

»Doch vielleicht machte ihn gerade das in den Augen seiner Mitschüler zum Weichei und schließlich zum Außenseiter. Um den Hänseleien zu entfliehen, versuchte Harald, sich aus dieser Rolle zu befreien. Er buhlte um die Aufmerksamkeit und die Anerkennung seiner Klassenkameraden und das um jeden Preis. Er wollte cool sein, wie man so schön sagt. Nur deshalb hat er sich zu dieser unsinnigen Mutprobe hinreißen lassen, mit der alles begann.«

Ivonne wurde hellhörig.

»Frau Wiener würde es Ihnen etwas ausmachen, mir möglichst detailliert zu erzählen, was sich damals genau ereignet hat?«

Frau Wiener senkte den Kopf und Ivonne bekam Bedenken, zu weit gegangen zu sein, als diese ihren Kopf ruckartig hob, den Rücken durchdrückte und erneut zu erzählen begann.

»Harald hat uns seit damals aus seinem Leben verbannt«, schloss sie ihren Bericht.

»Er hat uns unser Verhalten nie verziehen. Wie auch, ich selbst kann es mir bis heute nicht verzeihen. Sein Urvertrauen in uns war unwiederbringlich zerstört. Gerade weil er so lieb war, waren wir damals so enttäuscht und so geschockt.«

Frau Wiener strich sich eine graue Haarsträhne aus dem Gesicht und schob sie hinter ihr Ohr.

»Vielleicht waren wir genau deshalb nicht in der Lage, einen klaren Gedanken zu fassen. Aber anstatt ihm das mit der Mutprobe zu glauben und ihm beizustehen ... Ich weiß nicht, wofür ich mich mehr schäme. Für die Ohrfeige, die er von meinem Mann erhielt oder für meine Untätigkeit danach. Wir tragen eine Mitschuld an seiner kriminellen Laufbahn.«

»Hat ihr Sohn noch Kontakt zu seinem Vater?«

Frau Wiener schüttelte den Kopf.

»Wie gesagt, er hat uns beide aus seinem Leben ausgeschlossen. Die Ehe zwischen mir und meinem Mann ist darüber zerbrochen. Wir sind geschieden. Er hat sich etwas Jüngeres gesucht und sich eine neue Familie aufgebaut. Wir haben keinerlei Kontakt.«

Frau Wiener schnäuzte sich leise die Nase.

»Das einzig Gute an der ganzen Misere war, dass Harald dadurch Mareike kennengelernt hat. Sie ist ein wahrer Engel. Wenn Mareike nicht ab und zu Fotos senden oder Briefe schreiben würde, wüsste ich nichts über meinen Sohn.«

Tränen liefen ihr über das Gesicht und sie gab auf, sie zurückzuhalten oder wegzuwischen. Sie tropften von ihrem Kinn auf die Hände, die leicht zitternd in ihrem Schoß lagen.

»Mareike ist sein Rettungsanker. Sie hat ihn damals aufgefangen und an ihn geglaubt. Sie hat unseren Job gemacht. Und den hat sie so viel besser erledigt als wir.«

Ivonne war etwas verwirrt.

»Wie meinen Sie das, sie hätte Ihren Job gemacht?«

»Mareike war die Sozialarbeiterin von Harald. Er war einer ihrer ersten Fälle. Sie hat in da raus geholt und dafür gesorgt, dass er seinen Schulabschluss nachgeholt und eine Ausbildung gemacht hat.«

Ivonne brachte sich Herrn Wieners Polizeiakte in Erinnerung. Dort war nur eine M. Bannert vermerkt gewesen.

»Dieses Jahr sind Mareike und Harald zehn Jahre verheiratet.«

»Haben die beiden Kinder?«

»Nein. Meine Schwiegertochter kann keine Kinder bekommen. Deshalb haben sie sich um eine Adoption beworben. Ich drücke den beiden so fest die Daumen. Ich habe lange nichts von Mareike gehört, aber sie sagte, sie müssten Geduld haben.«

Oh Gott, durchfuhr es Ivonne in diesem Moment. Erst jetzt fiel ihr auf, dass Frau Wiener immer noch im Präsens von ihrer Schwiegertochter sprach. Sie wusste noch gar nichts von deren Tod!

Ivonne zögerte. Sollte sie Frau Wiener aufklären? Das würde ihr wahrscheinlich den Boden unter den Füßen wegziehen. Das wollte Ivonne nicht riskieren.

Und, würde sie dann nicht unweigerlich versuchen, ihren Sohn zu erreichen? Damit würde er, falls er tatsächlich der Täter war, gewarnt sein. Das wiederum konnte Ivonne nicht riskieren. Also entschied sie sich zu schweigen, ganz egal, wie schwer ihr dies im Augenblick fiel.

Da Ivonne nicht wirklich damit rechnete, telefonisch Auskunft zu bekommen, beschloss sie, direkt beim Jugendamt vorbeizufahren. Einen Versuch war es auf jeden Fall wert und vielleicht hatte sie ja Glück, dass die entsprechende Sachbearbeiterin Dienst hatte.

»Frau Nolte hat leider noch einen Außentermin. Wir erwarten sie frühestens in einer Stunde zurück. Möchten Sie solange warten?«

Eigentlich wollte Ivonne das nicht, aber ihr war die Angelegenheit zu wichtig, als dass sie die Sache länger als nötig vor sich herschieben wollte.

»Darf ich mich dort breit machen?«, fragte sie die Rezeptionistin und deutete auf die kleine Sitzgruppe im Foyer des Amtes. Ivonne hatte ihren Laptop im Auto und würde die Wartezeit nutzen, ihren E-Mail Account zu checken und die Informationen aus dem Gespräch mit Frau Wiener zu protokollieren.

»Frau Holtkämper?«

»Frau Nolte, nehme ich an?«

Vor Ivonne stand eine Frau, Anfang, Mitte vierzig, brünettes schulterlanges Haar. Sie trug eine Bluse im Tunika Stil zu Bluejeans und flachen Schuhen.

»Richtig.«

Ivonne klappte ihren Laptop zu.

»Sie wollten mich sprechen?«

»Es geht um den Adoptionsantrag des Ehepaares Mareike und Harald Wiener.«

»Dann kommen Sie bitte mit in mein Büro.«

»Eine traurige Geschichte«, begann die Sachbearbeiterin, nachdem sie Ivonne und sich selbst eine Tasse Kaffee eingeschenkt hatte.

»Die Wieners hatten eine Zusage bekommen. Sie müssen wissen, es kommen gut 7.000 Bewerber auf 800 Kinder. Der Bewerbungsmarathon für die Eltern dauert bis zu einem Jahr, meistens weit darüber hinaus. Gesundheitsbescheinigungen und polizeiliche Führungszeugnisse werden angefordert, die finanzielle Lage des Paares wird komplett durchleuchtet. Gut achtzig Prozent der Bewerber bekommen eine Absage.«

»Entschuldigen Sie meine Frage, aber war Frau Wiener nicht schon zu alt? Ich meine...«

»Ich verstehe, was Sie meinen. Grundsätzlich gibt es keine Altersgrenze nach oben. Der Altersunterschied zwischen Eltern und Kind sollte jedoch vierzig Jahre nicht überschreiten.«

Ivonne runzelte die Stirn und Frau Nolte erklärte weiter.

»Mit zunehmendem Alter schwindet die Chance, einen Säugling oder ein Kleinkind zu adoptieren.«

»Und gerade das möchten die meistens Antragsteller, richtig?«

Frau Nolte bejahte.

»Mit den Wieners hatte ich schon einen ersten Besuchstermin vereinbart, doch dann erhielt die Frau ihre Krebsdiagnose. Ich musste meine Zusage zurückziehen.«

Frau Nolte nahm einen tiefen Schluck, bevor sie fortfuhr.

»Mir blieb nichts anderes übrig. Glauben Sie mir, Frau Holtkämper, ich mache diesen Job schon einige Jahre und ich musste bereits viele Absagen erteilen. Aber dieses Gespräch wird mich mein Leben lang begleiten.«

Frau Nolte wandte den Blick zum Fenster. Ivonne gab ihr Zeit und nippte an ihrem Kaffee.

»Wissen Sie, es gibt solche und solche Paare. Und mir obliegt es, im Sinne des Kindeswohls zu entscheiden. Und diese Aufgabe nehme ich sehr ernst. Bei den Wieners hatte ich ein wirklich gutes Gefühl, trotz seiner Vorgeschichte.«

Ivonne verschwieg ihr Wissen und mimte die Erstaunte.

»Wie meinen Sie das?«

»Nun, Herr Wiener war in seiner Jugend öfters mit dem Gesetz in Konflikt geraten. Er hat sich aber gefangen und, wie sagt man so schön, noch mal die Kurve gekriegt.«

Auf dem Weg zurück ins Büro machte sich Ivonne Gedanken zum Thema Adoption. Auch Florian war, das hatte er ihr erzählt, zuerst bei Pflegeeltern aufgewachsen, die ihn später adoptiert hatten.

Er behauptete, großes Glück mit ihnen gehabt zu haben, da sie ihn geliebt hatten wie einen eigenen Sohn. Leider waren sie bereits vor einigen Jahren verstorben. Seine leiblichen Eltern hatte Florian nie kennengelernt, da er in einer Babyklappe abgegeben worden war und sich in den letzten drei Jahrzehnten niemand gemeldet hatte, um Anspruch auf ihn zu erheben. Vielleicht rührte daher Florians sehnlicher Wunsch, Teil einer Familie zu sein.

## 2021

»Weißt du noch, als wir die Wand eingerissen haben?«, hast du gefragt.

»Und wir dann in einer Wolke von Staub gestanden haben?«, hatte ich geantwortet.

»Ja, genau.«

Du versuchtest ein Lächeln, was mehr zu einer Grimasse wurde.

»Genauso fühlt es sich jetzt an.«

## Fünfzehntes Kapitel

Heute würden Florian und Ivonne sich das erste Mal nach ihrem letzten Telefonat treffen. Ihr Streit lag jetzt zwei Tage zurück. Wie sollte sie sich verhalten?, überlegte Ivonne, während sie das Fahrrad aus dem Unterstand zog. Sich nochmals für ihr loses Mundwerk entschuldigen? Für den Streit als solches? Sollten sie versuchen, alles klarzustellen oder den Abend einfach abhaken und schnellstmöglich vergessen? Sie war Florian noch eine Antwort schuldig. Das war ihr bewusst, doch sie wollte sich nicht unter Druck setzen lassen. Den bekam sie schon genug seitens ihrer Eltern.

Nach Dienstschluss würde er Ivonne treffen. Sie hatten sich zu einer Fahrradtour verabredet. Der Streit an sich war für ihn längst abgehakt. Jeder hatte mal einen schlechten Tag. Pech nur, dass sie ihn beide zur selben Zeit gehabt hatten. Florian hoffte einfach nur darauf, endlich eine Antwort auf seine Frage zu bekommen.

»Hi.«

»Hallo.«

Ihre erste Umarmung fiel etwas unbeholfen aus, da Ivonne nicht von ihrem Fahrrad abstieg, als sie am vereinbarten Treffpunkt angekommen war.

»Wollen wir gleich los?«, fragte sie und wich Florians Blick aus.

»Klar«, lautete seine nüchterne Antwort, der eine halbe Stunde schweigsames Nebeneinanderher radeln folgte.

So hatte ich mir das nicht vorgestellt, dachte Ivonne enttäuscht. Sie wusste ja, dass er noch auf eine Antwort von ihr wartete, aber sie wollte sich nun mal nicht drängen lassen.

Mann, das ist ja prima gelaufen, ärgerte sich Florian. Er wollte Ivonne nicht unter Druck setzen, aber auch ihr musste doch klar sein, dass er noch auf ihre Antwort wartete. Er fragte sich, ob er sie heute bekommen würde. Bis jetzt sah es nicht danach aus.

Ihre Tour führte sie an ihren Lieblingsplatz am Fluss, den Florian vor einigen Monaten entdeckt und an dem sie ihr erstes gemeinsames Picknick gehabt hatten.

»Er hieß Marcel und er war das größte Arschloch in der nördlichen Hemisphäre«, begann Ivonne. Nachdem sie den Anfang gefunden hatte, sprudelten die Worte über ihre damalige Wut und die Enttäuschung nur so aus ihr heraus. Es tat gut, den ganzen Ballast dieser verkorksten Beziehung endlich loszuwerden und es fiel ihr leichter, als sie vermutet hatte. Und nicht nur das. Sie redete sich ihren ganzen Frust über den permanenten Druck bei den Ermittlungen von der Seele. Ebenso erzählte sie von ihrer Angst, sie könne den Erwartungen, die der Job und ihr Chef an sie stellten, nicht gerecht werden. Und ja, sie ließ nicht aus, dass ihre Eltern ständig mit dem Zaunpfahl winkten und endlich Enkelkinder wollten.

Florian hatte die ganze Zeit schweigend zugehört und goss Ivonne und sich selbst etwas Rotwein nach. Danach räusperte er sich und begann seinerseits zu erzählen.

»Nicole, ihr Name war Nicole ...«

Sie redeten den ganzen Abend, bis sie das Gefühl hatten, dass nichts mehr zwischen ihnen stand. Ihre Beziehung hatte eine neue Stufe erreicht, die sie beide nicht für möglich gehalten hätten, obwohl sie sich genau danach gesehnt hatten.

Als Ivonne am nächsten Morgen erwachte, lag sie in Florians Armen, die sie sanft umfassten und spürte seinen regelmäßigen Atem in ihrem Nacken. Ein nie gekanntes Gefühl der Geborgenheit breitete sich in ihr aus, und sie schloss erneut die Augen.

Florian erwachte, weil ihn Ivonnes Haare an der Nase kitzelten. Sie lag eng an ihn geschmiegt und ihr Atem ging ruhig und gleichmäßig. Seit gestern Abend schienen die unsichtbaren Barrieren, die zwischen ihnen gestanden hatten, weggebrochen zu sein. Er atmete tief ein und schloss noch einmal die Augen.

Aber es half alles nichts. Irgendwann mussten sie aufstehen und sich auf den Weg zur Arbeit machen. Florian fuhr direkt ins Pathologische Institut, während Ivonne noch einige Telefonate von Zuhause aus erledigte. Als erstes rief sie bei der Sozialarbeiterin an.

»Frau Nolte? Ivonne Holtkämper hier. Ich war von einigen Tagen bei Ihnen. Wir hatten uns über das Ehepaar Wiener unterhalten.«

»Ja, ich erinnere mich.«

»Wussten Sie, dass Frau Wiener im Februar gestorben ist?«

Es blieb still am anderen Ende der Leitung.

»Frau Nolte?«

»Ich hatte es befürchtet. Sie sah bei unserem letzten Gespräch schon ziemlich erschöpft aus. Jede körperliche Anstrengung war eine Herausforderung, jeder Atemzug eine Tortur. Sie führte bereits ein Sauerstoffgerät mit sich.«

»Ich habe in der Zwischenzeit erfahren, dass Frau Wiener zunächst die Betreuerin ihres Mannes gewesen ist. Dass sie sich auf die Weise kennengelernt hatten.«

»Ja, das stimmt. Frau Wiener hatte das Vertrauen wieder aufgebaut, das er verloren hatte.«

»Meinen Sie das verlorene Vertrauen in seine Eltern?«

»Ja, in sie und in eigentlich jede Vertrauensperson, zu der ein Kind normalerweise aufschaut. Wissen Sie, jedes Kind, jeder Jugendliche, macht mal Dummheiten. Sei es aus Übermut, Imponiergehabe gegenüber dem anderen Geschlecht oder einfach nur als Mutprobe, um anerkannt zu werden. Aber solange der Heranwachsende das Gefühl hat, seine Eltern stehen trotz allem hinter ihm – und ich meine jetzt nicht: »Papa wird´s schon richten, egal welchen Bockmist ich baue.« – wird er vielleicht weiterhin seine Grenzen austesten, aber meist siegt mit zunehmender Reife die Vernunft.«

»Aber bei Herrn Wiener war das nicht so?«

»Leider nicht. Er hatte sowieso schon das Gefühl, an allem Schuld und nichts wert zu sein. Irgendwann war er dann wirklich der Bad Boy, für den ihn ohnehin alle hielten.«

»Und aus diesem Teufelskreis hat seine Frau ihn befreit?«

»So könnte man das sagen.«

Ivonne überlegte, ob sie die Frage stellen sollte, die ihr auf der Seele brannte.

»Könnten Sie sich vorstellen, dass Herr Wiener in dieses alte Verhaltensmuster zurückfällt, jetzt, da seine Frau gestorben ist?«

Erneut blieb es still, aber Ivonne wurde nicht ungeduldig, sondern ließ ihrer Gesprächspartnerin Zeit für ihre Antwort.

»Auszuschließen ist es nicht«, erwiderte Frau Nolte schließlich. »Sie müssen wissen, dass Frau Wiener die Starke in der Beziehung war. Und damit meine ich nicht, dass sie dominant oder bestimmend war, sondern die Gefestigte. Die, die in sich ruhte und mit sich im Reinen war. Sie war sein Rettungsanker.«

Ivonne erinnerte sich, dass die Mutter von Herrn Wiener diesen Begriff ebenfalls genutzt hatte. Ohne diesen Anker trieb Herr Wiener haltlos durch sein Leben, das für ihn ein zweites Mal in Trümmern lag.

## 2021

Hier unten im Keller des Krankenhauses gibt es keine Kameras und niemand stellt mir Fragen. Mein grauer Arbeitskittel lässt mich wie einen Technischen Mitarbeiter aussehen, mein kleiner Werkzeugkasten komplettiert das Bild. Sollte mich trotzdem jemand entdecken, würde er mich dank Perücke, falschem Bart und dicker Hornbrille völlig anders beschreiben.

Die Tür zum Nebenraum des Lagers ist nur mit einem einfachen Schloss gesichert. Kein wirkliches Hindernis für mich. Die bereits mit einer Infusionslösung entlüfteten und vorbereiteten Schlauchsysteme für die ECMO Geräte warten in den grünen Plastikbehältern auf ihren nächsten Einsatz. Ich werde den Schläuchen nur eine feine weiße Zutat zufügen, die mit dem bloßen Auge nicht zu erkennen sein wird. Dann werden auch sie spüren, wie es sich anfühlt.

## Sechzehntes Kapitel

»Manchmal hasse ich meinen Job«, sagte Ivonne und kuschelte sich eng an Florian, der seinen Arm um sie legte und zärtlich auf die Schläfe küsste.

»Was ist passiert?«, fragte Florian und streckte seine Beine aus. Dann stopfte er das Sofakissen hinter seinen Rücken und machte es sich bequem. Ivonnes Kopf lag weiterhin auf seiner Brust.

»Gestern musste ich einer Frau verschweigen, dass ihre Schwiegertochter gestorben ist.«

Ivonne informierte Florian über die Beobachtungen, die Kerstin gemacht hatte und brachte ihn auf den neuesten Stand.

»Was wirst du jetzt unternehmen?«

Ivonne zuckte mit den Schultern.

»Ehrlich gesagt, ich weiß es noch nicht. Noch gibt es keine Ermittlungen. Offiziell liegt nichts gegen Herrn Wiener vor. Zu welchem Vergehen könnte ich ihn also befragen? Wir haben nichts gegen ihn in der Hand. Vielleicht ist er nur ein trauriger Witwer und unsere Mutmaßungen sind völlig aus der Luft gegriffen.«

»Was meinst du würde passieren, wenn du ihn mit den bisherigen Fakten konfrontierst?«, fragte Florian.

»Welche Fakten?«, fragte Ivonne. »Es gibt eine niedrige Erfolgsquote beim Einsatz von ECMO Geräten in der St. Ursula Klinik, so what? Es kann keinerlei Verbindung zwischen ihm und den Opfern hergestellt werden.«

»Und dass Kerstin ihn am Krankenhaus gesehen hat, zählt überhaupt nicht?«

»Gesehen, das ist der springende Punkt. Gesehen hat sie ihn eben nicht, nur gehört. Sie meint, ihn an seinem Gang erkannt zu haben.

Damit brauch ich weder meinem Chef noch dem Staatsanwalt kommen. Das zerpflückt uns jeder Verteidiger in der Luft.«

»Hat denn die Überprüfung der Kommentare auf dem Bewertungsportal etwas gebracht?«

Ivonne schüttelte den Kopf.

»Nur, dass es eine Menge Bekloppte auf der Welt gibt.«

»Das ist ja nichts Neues«, bemerkte Florian trocken.

»Mal im Ernst«, erwiderte Ivonne, »in den Warteräumen meines Frauenarztes hängen Unmengen von Babybildern und Dankkarten von glücklichen Eltern. Ich hätte nie gedacht, dass Leute sich so negativ und ungehobelt über Ärzte und Krankenhäuser auslassen.«

»Als Pathologe bin ich diesen Bewertungen zum Glück nicht ausgesetzt. Die Patienten bekommen von meiner Dienstleistung überhaupt nichts mit. Aber ich weiß aus Gesprächen mit meinen Kollegen, dass diese nicht selten von ihren Patienten verbal angegangen werden, wenn sie mit den Ergebnissen der Behandlung nicht zufrieden sind. Natürlich bin ich strikt dagegen, Fehler zu vertuschen. Mit meiner Arbeit trage ich dazu bei, die Qualität der klinischen Medizin im Hinblick auf Diagnostik und Behandlung zu verbessern.«

Ivonne drehte sich um und streckte nun ebenfalls die Beine aus.

»Wir werden den Täter nicht auf frischer Tat ertappen. Das wäre wie ein Sechser im Lotto. Also müssen wir hoffen und warten, bis er wieder zuschlägt. Ich hasse das«, sagte sie und nippte an ihrem Glas. Florian schwieg, da er einem anderen Gedanken nachhing, der sich langsam in seinem Gehirn formte.

»Flo?«

»Hm?«

»Woran denkst du gerade?«

»Wie kommst du darauf, dass ich nachdenke?«

»Dann bist du immer ganz still und ziehst die Stirn kraus.«

»Echt? Aber du hast Recht, mir geht eine Sache nicht aus dem Kopf. In die Nähe der Patienten auf der Intensivstation zu gelangen, ist für den Täter jedes Mal mit einem hohen Risiko verbunden, dabei ertappt zu werden.«

»Und aufgrund der Corona Situation und den derzeitigen Besuchsbeschränkungen so gut wie unmöglich«, ergänzte Ivonne.

»Genau. Aber was, wenn der Täter gar nicht in die Nähe der Patienten muss?«

»Wie meinst du das?«, hakte Ivonne nach.

»Bis jetzt sind wir immer davon ausgegangen, dass die Geräte während des Einsatzes manipuliert werden.«

Ivonne nickte und allmählich schwante ihr, worauf Florian hinauswollte. Eine andere Möglichkeit hatten sie bis dato völlig außer Acht gelassen.

»Kerstin hat doch erzählt, dass sie Herrn Wiener am Hintereingang bei der Küche und den Lagerräumen bemerkt hat, richtig?«

Ivonne nickte erneut.

»Ich frage mich, ob dort die ECMO Geräte lagern und auf ihren Einsatz warten.«

»Das ließe sich herausfinden.«

Ivonne hielt mittlerweile nichts mehr auf dem Sofa und sie kramte ihr Smartphone hervor.

»Hallo Clara. Ich bin' s Ivonne. Ich hätte noch eine Frage aufgrund von Kerstins Beobachtung.«

»Schließ los«, kam es aus dem Hörer.

»Werden die ECMO Geräte auch in den Lagerräumen aufbewahrt?«

»Die Geräte selber nicht, aber die dazugehörigen Schlauchsysteme.«

»Würde es dir etwas ausmachen, uns so ein System zur Verfügung zu stellen, damit wir es untersuchen können?«

»Kein Problem. Am besten wir treffen uns in Kerstins Büro. Dort sind wir um diese Zeit ungestört. Ich hole dich von der Pforte ab.«

»Gut, wir treffen uns in einer halben Stunde. Bis gleich.«

»Das war es dann mit unserem gemütlichen Abend«, sagte Florian und seufzte. Sein Gesichtsausdruck sagte jedoch genau das Gegenteil aus. Nie im Leben würde er sich diese Möglichkeit entgehen lassen, denn auch ihn hatte das Jagdfieber gepackt.

»Den holen wir nach, sobald der Fall geklärt ist, versprochen«, erwiderte Ivonne.


**Heute**

Heute Abend lasse ich mir mehr Zeit als gewöhnlich und beobachte angestrengt den Platz vor dem Hintereingang der Klinik. Es ist niemand in der Nähe, doch ich bleibe aufmerksam. Ich will nicht Gefahr laufen, entdeckt zu werden. Geduld ist eine Tugend, sage ich mir und gebe mir weitere fünf Minuten, bevor ich mich ein letztes Mal auf den Weg machen werde. Nur noch einmal, ein letztes Mal. Versprochen Mareike, danach höre ich auf.

## Siebzehntes Kapitel

Sie trafen sich an der Eingangstür und Ivonne stellte Florian als ihren Freund und Pathologen vor. Clara hatte nichts dagegen, dass Ivonne sich fachliche Verstärkung mitgebracht hatte, und ging voran.

»Hallo, Ivonne, und hallo, Mr. Unbekannt.«

Kerstin lächelte in Florians Richtung und streckte ihre Hand aus.

»Hallo, Kerstin. Es freut mich, dich kennenzulernen.«

»Hi«, sagte Ivonne, »das ist mein Freund Florian, von Beruf Pathologe und zudem ein kongenialer Ermittler.«

Kerstin lachte.

»Eine außergewöhnliche und äußerst seltene Kombination.«

»Das kannst du laut sagen. Und alles begann mit einem Zusammenstoß à la Notting Hill«, erzählte Ivonne.

»Oh, wie romantisch.«

»Keine Spur. Wir beide waren an jenem Samstag-vormittag voll genervt, da war für Romantik keine Zeit. Ich hatte damals einen Cold Case an der Backe, der es in sich hatte.«

»Lass mich raten, Florian hat dir geholfen, den entscheidenden Hinweis zu finden.«

»Exakt.«

Florian wurde rot.

»Purer Zufall und Anfängerglück würde ich meinen«, sagte er und winkte ab.

»Nun lasst uns endlich einen Blick auf das ECMO Zubehör werfen. Dafür sind wir ja schließlich hier.«

Clara hob den Deckel von der großen Plastikbox, in der die Teile auf ihren nächsten Einsatz warteten.

»Die Schlauchsysteme des ECMO Gerätes sind alles Einmalmaterialien, die nach dem Einsatz weggeworfen und durch neue ersetzt werden.«

»Ich gehe davon aus, das gilt ebenfalls für den Oxygenator und die dazugehörige Membran?«, fragte Florian und Clara bejahte.

»Vor dem Einsatz sind alle neuen Komponenten steril verpackt.«

»Könnte der Täter eventuell dort zuschlagen?«, wollte Ivonne wissen.

Clara schüttelte den Kopf.

»Es würde sofort auffallen, wenn die Verpackung schon einmal geöffnet wurde. Aber vor dem Einsatz müssen die Schlauchsysteme mit einer Infusionslösung entlüftet werden. Wir nutzen dazu einen kleinen Raum im Keller, direkt neben dem Lager. Dort warten die Systeme dann auf ihren Einsatz.«

»Werden sie danach nochmals überprüft?«, fragte Ivonne.

»Nein.«

»Und wie viel Zeit liegt zwischen Vorbereitung und Einsatz?«

»Das ist ganz unterschiedlich, je nach Dringlichkeit«, erklärte die Krankenschwester.

»Das System, das du uns mitgebracht hast, ist das derzeit in dieser Phase, sprich vorbereitet für den Einsatz?«

Clara nickte.

»Dann wollen wir es doch mal unter die Lupe nehmen«, meinte Florian und nahm das erste Teil aus der Box.

Die nächste Viertelstunde verbrachten Florian und Clara damit, das komplette Schlauchsystem in seine Einzelteile zu zerlegen und jede Komponente auf schadhafte Stellen, Risse oder Verschmutzungen zu untersuchen.

»Nichts, absolut nichts. Es ist nichts zu sehen«, meinte Florian und konnte die Enttäuschung kaum aus seiner Stimme heraushalten.

»Dann schlägt jetzt wohl meine große Stunde«, meinte Kerstin und streckte ihre Hände aus.

»Gebt mir mal nacheinander die Teile an.«

Mit ihren Fingern scannte Kerstin jeden Millimeter des Oxygenators und der Membran ab, bevor sie sich die einzelnen Stücke des Schlauchsystems anreichen ließ. Es war mucksmäuschenstill in ihrem Büro. Alle harrten in angespannter Erwartung aus.

»Hm, äußerlich kann ich keine Veränderungen oder Auffälligkeit feststellen«, sagte Kerstin, »aber das soll noch nichts heißen.«

Sie tastete nach der obersten Schublade ihres Schreibtisches und fischte einen Q-Tipp hervor.

»Keine Sorge, die nehme ich nicht zur Ohrreinigung. Damit mache ich ab und zu meine Tastatur sauber.«

Kerstins Finger ertasteten das Ende eines Schlauches, schoben behutsam den Wattekopf des Stäbchens hinein, drehten ihn ein paar Mal herum und zogen ihn dann wieder heraus.

»Kann man etwas sehen?«, fragte sie in die Runde.

Florian nahm ihr vorsichtig das Stäbchen aus der Hand und hielt es unter die Schreibtischleuchte.

»Auf den ersten Blick sehe ich nichts.«

»Und auf den zweiten?«, fragte Ivonne ungeduldig.

»Es könnte ...«

»Was?«

»Es sieht aus wie feiner weißer Staub.«

»Wie Zement«, entfuhr es Clara in diesem Moment.

»Bitte?«, fragte Ivonne irritiert.

»So hatte es Frau Wiener immer beschrieben. Es wäre, als würde sie Zementstaub einatmen, meinte sie, trocken und zäh.«

Florian hatte sich mittlerweile das andere Schlauchende genommen und mit dem zweiten Wattekopf untersucht, mit dem gleichen Ergebnis.

»Der Täter manipuliert also nicht das Gerät, sondern verunreinigt die Schlauchsysteme«, folgerte Florian.

»Der feine Staub ist in der leicht milchigen Färbung der Schläuche nicht oder nur schwer zu erkennen.«

»Während des Einsatzes gelangt der Staub früher oder später in die Membran des Oxygenators. Dort setzt er sich fest...«

»... und ein Gasaustausch findet nur bedingt und am Ende gar nicht mehr statt«, beendete Florian Claras Ausführungen.

»Eine ziemlich perfide Methode«, befand Kerstin. »Dazu noch feige und...«

Um sie zu beruhigen, legte Ivonne ihr behutsam die Hand auf den Unterarm.

»Ich weiß.«

Das war nicht die erste und würde sicher nicht die letzte abstoßende Mordmethode sein, der sich Ivonne im Laufe ihrer Karriere gegenübersehen würde.

»Die Verschmutzung der Schlauchsysteme mit Zement spräche für Herrn Wiener als Täter«, meinte Ivonne. »Ich weiß, es ist nur ein schwaches Indiz und beweisen können wir es ihm nur, wenn wir ihn auf frischer Tat ertappen.«

»Falls er nochmals zuschlägt«, gab Florian zu bedenken und wandte sich an Clara.

»Wie viele Schlauchsysteme befinden sich gerade in dieser Wartephase?«

»Das weiß ich nicht aus dem Kopf, da müsste ich nachsehen.«

Ivonne und Florian nickten sich zu.

»Wir kommen mit.«

»Worauf wartet ihr noch?«, fragte Kerstin. »Ich halte hier die Stellung.«


»Dort in den roten Behältern sind die noch verpackten Schlauchsysteme und Membranen, hier in den grünen die bereits entlüfteten und somit vorbereiteten Komponenten«, erklärte Clara.

Es war reichlich eng zu viert in dem kleinen Nebenraum, dessen eine Wand komplett von einem Regal ausgefüllt war und auf dessen anderer Seite ein schmaler Tisch stand.

»Sollen wir die Sachen hier überprüfen oder sollen wir die Kisten mit nach oben nehmen?«, fragte Florian.

»Am besten wir nehmen sie gleich mit. Falls wir weitere Verschmutzungen finden, müssen sie ohnehin sofort aus dem Verkehr gezogen werden«, schlug Clara vor.

Florian nickte und schnappte sich gleich zwei der insgesamt vier grünen Boxen. Ivonne und die Krankenschwester teilten sich den Rest und gemeinsam machten sie sich auf den Rückweg. Kaum waren sie am Aufzug angekommen und hatten den Anhalteknopf gedrückt, öffnete sich einige Meter daneben die Tür, die zum Treppenhaus führte und Kerstin trat auf den Flur. In der Hand hielt sie die Packung mit den Wattestäbchen.

»Ich dachte, falls ihr die braucht«, meinte sie lächelnd.

»Gute Idee«, erwiderte Clara, »aber wir waren gerade auf dem Weg zurück zu dir. Im Nebenraum ist es einfach zu eng.«

»Okay, dann sehen wir uns oben«, antwortete sie und war im Begriff, wieder im Treppenhaus zu verschwinden.

»Warte, Kerstin«, schlug Ivonne vor, »ich begleite dich.«

»Gerne«, lautete die Antwort, »weißt du, ich habe es nicht so mit Aufzügen. Ist ein komisches Gefühl.«

Ivonne hätte eher vermutet, dass Treppen für Blinde viel unangenehmer sind. Sie stellte ihre Box in den Aufzug, dessen Türen sich kurz darauf schlossen.

»Na dann«, sagte Ivonne und trat auf Kerstin zu, die jedoch in diesem Moment ihren Finger an die Lippen legte und selber keinen Mucks mehr von sich gab. Stattdessen lauschte sie angestrengt. Lautlos schlich Ivonne sich an ihr vorbei ins Treppenhaus, und zog die Tür sachte ins Schloss.

»Was ist los, Kerstin?«, flüsterte sie.

»Ich meine, ich hätte Schritte gehört.«

»Wo genau?«

»Irgendwo hinten im Flur.«

»Du meinst, in der Nähe der Lagerräume?«

Kerstin nickte.

»Könnte es der Hausmeister sein?«

»Nee, der hat schon Feierabend.«

»Hast du die Schritte erkannt?«

»Nein, dazu war er zu weit weg. Wir müssten schon ein wenig näher heran, dann könnte ich es mit Sicherheit sagen.«

»Okay, warte. Ich schreibe Florian und Clara schnell eine Nachricht.«

Ivonne drückte auf senden, stellte das Handy auf lautlos und schob ihr Smartphone zurück in die Hosentasche ihrer Jeans.

»Dann los.«

Vorsichtig öffneten sie die Tür und schlüpften durch den schmalen Spalt auf den Flur. Dann schlichen sie den schmalen Gang entlang. Die Notbeleuchtung tauchte ihn in ein diffuses Licht. Sie befanden sich etwa auf Höhe des Abzweigs zu den Lagerräumen, als Kerstin plötzlich stehen blieb.

## Jetzt

Es ist nicht eine grüne Kiste da. Es können sich doch nicht alle Schlauchsysteme gleichzeitig im Einsatz befinden. Das kann, das darf doch nicht sein. Was soll ich tun?

Mareike, sag mir was ich tun soll!

Nimm es als Zeichen, Harald, dass es genug ist.

Geh nach Hause.

## Achtzehntes Kapitel

Im nächsten Augenblick öffnete sich die Tür des kleinen Nebenraumes, aus dem sie erst vor wenigen Minuten die Komponenten der ECMO Geräte getragen hatten.

Vorsichtshalber wichen Kerstin und Ivonne einen Schritt zurück und drückten sich eng an die Wand, obwohl sie dort, wo sie standen, nicht gesehen werden konnten. Sie lauschten in die Stille. Eine Tür fiel ins Schloss und Schritte näherten sich. Um aus dem Keller zu gelangen, musste die Person an ihnen vorbei. Die Schritte kamen immer näher. Ohne dass Ivonne sie daran hindern konnte, machte Kerstin einen Schritt nach vorn und stellte sich der Person mitten in den Weg.

»Herr Wiener, was machen Sie denn hier unten? Haben Sie sich verlaufen?«

Falls Kerstin Angst hatte, ließ sie es sich nicht anmerken. Sie schaffte es sogar, ein Lächeln aufzusetzen. War das nur ein Schuss ins Blaue oder hatte Kerstin Herrn Wiener wirklich anhand der wenigen Schritte erkannt?

Ivonne drückte sich weiterhin eng an die Wand, angespannt wie eine Raubkatze vor dem Sprung. Sie fasste sich automatisch an die Hüfte und fluchte innerlich. Sie hatte ihre Waffe nicht dabei.

»Herr Wiener?« Der Angesprochene rührte sich nicht von der Stelle.

Mareike, was soll ich tun?
Geh nach Hause.
Sie steht mir im Weg.
Trotzdem.

»Ich weiß, dass sie es sind. Lassen Sie uns gemeinsam hinausgehen.«

Kerstin streckte ihre Hand aus.

Harald, sie kann dich nicht sehen.

Sie ist keine Gefahr für dich. Geh. Jetzt!

»Kommen Sie, Herr Wien...aaaah.«

Die letzte Silbe ging in einem Schmerzensschrei unter. Der Mann war losgerannt und hatte Kerstin einfach zu Boden gestoßen. Ihr Kopf schlug heftig auf dem Boden auf und sie blieb benommen liegen. Für eine Sekunde sah Ivonne das Profil des Flüchtenden, das keinerlei Ähnlichkeit mit dem Foto in ihrer Akte hatte. Der Mann rannte weiter den dunklen Flur entlang Richtung Ausgang.

»Kerstin? Alles okay bei dir.«

»Mmh«, stöhnte Kerstin, »ja, alles gut. Sieh lieber zu, dass er dir nicht entwischt.«

Ivonne richtete sich auf und rannte so schnell sie konnte den Flur entlang. Ihre Lungen pumpten, ihr Herz raste und sie fragte sich, wo Florian und Clara abgeblieben waren. Hatten sie ihre Nachricht nicht erhalten? Aber für solche Gedanken war nun keine Zeit. Sie musste Wiener einholen, der schon einen viel zu großen Vorsprung hatte. Schon sah sie, wie er das Ende des Flurs erreichte, die dortige Fluchttür aufstieß und ins Freie stürmte. Ivonne legte noch einen Zahn zu. Da fiel die Tür bereits wieder ins Schloss und sie verlor erneut wertvolle Sekunden.

»Fuck«, fluchte sie und warf sich gegen das dicke Türblatt, während sie gleichzeitig die Klinke hinunterdrückte.

Draußen wäre sie fast über Wieners Körper gestolpert, der stöhnend am Boden lag, Florians Knie zwischen den Schulterblättern. Neben den beiden stand Clara. Eine Bettpfanne in der Hand.

»Nee, ne ...«, stieß Ivonne völlig außer Atem hervor, »... das glaube ich jetzt nicht. Niedergestreckt mit einer Bettpfanne.«

»Ich habe doch gar nicht zugeschlagen«, verteidigte sich Clara und hob in einer unschuldigen Geste die mittlerweile leeren Hände.

»Ich habe nur damit gedroht und dann hat Florian ihn – zack! – von hinten überwältigt«, schloss sie ihren Bericht.

»Und dann rutschte ihm auch die Perücke vom Kopf«, erzählte Florian und schüttelte sich bei dem Gedanken daran.

»Mann, ich wäre so gern dabei gewesen!«, maulte Kerstin.

Sie saß, noch etwas blass um die Nase, drei Etagen höher im Krankenhaus im Bett. Die behandelnde Ärztin wollte sie auf jeden Fall über Nacht hierbehalten, um Blutungen im Gehirn auszuschließen.

Eine Gehirnerschütterung hatte sich Kerstin bei ihrem Sturz auf den harten Betonboden auf jeden Fall zugezogen und einen ziemlich großen blauen Fleck an der rechten Hüfte. Die Patientin bräuchte nun Ruhe, hatte die Ärztin den drei Besuchern mitgeteilt und diese hatten hoch und heilig versprochen, spätestens in fünf Minuten verschwunden zu sein.

»Eine Frage musst du mir noch beantworten«, sagte Ivonne, »danach lass ich dich in Ruhe.«

»Du willst wissen, ob ich Herrn Wiener am Gang erkannt habe.« Kerstin lächelte.

»Nun, die Antwort lautet nein.«

»Nicht? Warum bist du dann trotz...?«

»Diesmal war es das Rasierwasser. Seit der Begegnung auf dem Parkplatz hatte ich diesen markanten Geruch in der Nase.«

Wie versprochen verließen die drei Besucher kurze Zeit später das Patientenzimmer und versprachen, am nächsten Tag wieder zukommen.

»Kaffee?«, fragte Clara in die Runde und Florian und Ivonne nickten. Gemeinsam gingen sie ins Schwesternzimmer.

»Werdet ihr Herrn Wiener heute Nacht noch verhören?«, wollte Clara wissen.

Ivonne nickte.

»Ich mache mich gleich auf den Weg. Aber es reicht völlig, wenn du deine Aussage morgen machst.«

Florian schaute Clara an und diese stöhnte leise.

»Was ist?«, fragte Ivonne irritiert.

»Nun«, es war Florian, der ihr die Frage beantwortete, »Clara wird gegenüber der Klinikleitung erklären müssen, wie die Polizei dem Täter auf die Spur gekommen ist und welche Rolle sie dabei gespielt hat.«

Ivonne musste zugeben, dass sie diesen Aspekt für einen Moment völlig verdrängt hatte.

»Wir können versuchen, dich daraus zu halten und behaupten, wir hätten einen anonymen Hinweis bekommen, was im Kern ja auch stimmt.«

»Ich werde nicht lügen«, meinte Clara.

»Das musst du auch gar nicht«, besänftigte Ivonne sie. »Wir warten erst einmal ab, was die Befragung von Herrn Wiener ergibt. Vielleicht ist er vollumfänglich geständig. Dann brauchen wir deine und auch Kerstins Aussage gar nicht.«

»Du bist mein Held!«, sagte Ivonne und küsste ihn.

Sie hatten sich von Clara mit dem Versprechen verabschiedet, sich zu melden, sobald es etwas zu berichten gab. Nun gingen sie und Florian Hand in Hand über den Parkplatz zu ihrem Wagen.

»Könntest du das noch einmal sagen? Ich höre es so gerne.«

»Na, jetzt nur nicht übermütig werden!«

»Soll ich dich noch ins Präsidium begleiten?«

»Nicht nötig, es reicht, wenn sich einer von uns den Rest der Nacht um die Ohren haut. Ich bringe dich nach Hause und fahre anschließend zum Verhör. Ich denke, die Kollegen werden bis dahin mit der erkennungsdienstlichen Behandlung fertig sein, und Herr Wiener wird im Verhörraum auf mich warten.«

»Fahr ruhig direkt, ich gehe zu Fuß«, antwortete Florian. »Weck mich, wenn du kommst, dann kannst du mir alles erzählen.«

Sie verabschiedeten sich und Ivonne gab in der Dienststelle Bescheid, dass sie in circa zehn Minuten da sein würde.

»Welcher Raum?«, fragte Ivonne den diensthabenden Kollegen.

»V2.«

»Hat Herr Wiener schon irgendetwas gesagt?«

»Nein. Er hat nur nach einem Glas Wasser verlangt, sonst nix. Seitdem sitzt er still am Tisch.«

»Gut, danke.«

Ivonne betrat den Vernehmungsraum und nickte dem dort postierten Beamten zu. Dann nahm sie am Tisch Platz und startete das Aufnahmegerät. Der mutmaßliche Täter saß, wie der Kollege es beschrieben hatte, völlig regungslos am Tisch, die Augen geschlossen.

»Herr Wiener? – Herr Wiener? Möchten Sie sich zu den Vorgängen des heutigen Abends äußern?

Möchten Sie, dass wir jemanden verständigen?

Ihre Mutter vielleicht?

Möchten Sie jemanden anrufen?

Herr Wiener, Sie müssen mit mir reden, sonst kann ich Ihnen nicht helfen.«

Zwischen jeder Frage verstrich mindestens eine halbe Minute ohne Reaktion. Ivonne stellte das Aufnahmegerät ab, auf dem sich bis dato nur die obligatorischen Daten – Datum, Zeitpunkt der Befragung, Anwesende – sowie Ivonnes Fragen befanden, und erhob sich.

Sie war müde und ihr Tatverdächtiger war zu diesem Zeitpunkt offensichtlich nicht willens, ihre Fragen zu beantworten. Sie würde das Verhör auf morgen verschieben. Eine Nacht in U-Haft wirkte manchmal Wunder. Vielleicht wäre Herr Wiener danach zu einer Aussage bereit.

Die Kollegen hatten einen Frischhaltebeutel mit Zement in seiner Jackentasche gefunden. Die KTU würde untersuchen, ob es sich um denselben handelte, den sie auch in den Schläuchen sichergestellt hatten, wovon Ivonne überzeugt war.

Herr Wiener war am Tatort erwischt worden, mit der Tatwaffe am Mann. Dass sollten genug Indizien und Beweise sein, um den Staatsanwalt davon zu überzeugen, Anklage zu erheben. Ob es jedoch für eine Mordanklage reichen würde und für wie viele Fälle Herr Wiener letztendlich zur Rechenschaft gezogen werden könnte ... nun, das musste der Richter entscheiden.

Ivonne hatte schon fast die Ausgangstür des Präsidiums erreicht, als sie hörte, wie jemand ihren Namen durch den Flur brüllte. Sie eilte umgehend zurück und sah wie einer der Beamten sie hektisch zu sich winkte.

»Kommen Sie schnell, Herr Wiener ist einfach umgekippt.« Der Tatverdächtige lag mit dem Rücken auf dem Boden, die Hände immer noch in Handschellen vor dem Körper. Seine langen Beine zuckten und sein Oberkörper krümmte und streckte sich in schnellen Wechseln. Die Beamten standen geschockt daneben.

Wieners Augen quollen hervor und sein Mund war weit aufgerissen, seine Nasenflügel bebten. Mit einem letzten Aufbäumen erschlaffte sein Körper, er verdrehte die Augen und sein Kopf fiel zur Seite.

»Was hat er nur?«, fragte einer der Polizisten.

»Rufen Sie einen Krankenwagen, schnell!«, befahl Ivonne.

»Schon passiert. Ist auf dem Weg.«

Ivonne hockte sich neben den Bewusstlosen und schlug ihm an die Wange.

»Herr Wiener? Herr Wiener? Können Sie mich hören?«

Ivonne legte ihre Hand auf den Brustkorb, der sich weder hob noch senkte. Dann legte sie ihr Ohr über den geöffneten Mund, doch auch hier war kein Luftzug zu spüren.

Schließlich ertastete Ivonne die Halsschlagader und spürte einen schwachen Puls. Und noch etwas bemerkte sie: die Kehle war steinhart.

»Fuck!«, fluchte sie und war ruckzuck auf den Füßen.

»Fassen Sie mit an. Wir müssen ihn auf den Kopf stellen, irgendetwas verstopft seine Luftröhre.«

Zwei weitere Beamte eilten herbei und zu viert schafften sie es, den schweren Körper des Bewusstlosen in die Senkrechte zu bringen, den Kopf nach unten.

Ivonne wechselte ihre Position, überstreckte den Kopf des Ohnmächtigen und schlug mit der flachen Hand kräftig in dessen Nacken.

»Spuck es aus!«, schrie sie verzweifelt und hieb weiter auf das Genick des Mannes ein. Die Beamten keuchten unter der Last, die sie zu stemmen hatten, aber sie hielten durch und auch Ivonne war nicht bereit aufzugeben.

In dem Moment, als die Sirene die Ankunft des Rettungswagens ankündigte, fiel ein kirschgroßes Stück Zement aus Herrn Wieners Rachen.

»Gute Reaktion«, lobte der Notarzt Ivonne, während er sich die Einweghandschuhe von den Händen zog.

Herr Wiener war bereits mit dem Rettungswagen auf dem Weg ins Krankenhaus. Auf der Fahrt zum Revier musste er sich, von allen unbemerkt, einen Teil des Zementpulvers in einer Hosentasche versteckt und ihn sich dann in einem unbeobachteten Moment in den Mund gestopft haben. Dann hatte er nur noch nach Wasser fragen brauchen und ... warten.

»Ich habe mich als Kind an einem Bonbon verschluckt. Ich weiß noch wie meine Mutter und unsere Nachbarin mich an den Beinen gepackt und auf den Kopf gestellt hatten. So etwas vergisst man nicht.«

Ivonne lächelte erschöpft, aber glücklich, Herrn Wiener das Leben gerettet zu haben, auch wenn er dies höchstwahrscheinlich anders sah.

»Apropos vergessen. Vergessen Sie bitte nicht, Florian einen schönen Gruß von mir auszurichten.«

Dieser plötzliche Themenwechsel überraschte Ivonne.

»Sie kennen Florian?«

Der Notarzt nickte und schaute leicht zerknirscht.

»Wir kennen uns seit dem Studium. Und leider war ich es, der ihn vor gut einem halben Jahr ganz schön in die Bredouille gebracht hat, als ich ihm eine Frauenleiche zur Obduktion aufgezwungen habe.«

»Dann müssen Sie Jonas sein.«

»Exakt. Als ich damals von der Geiselnahme erfuhr, habe ich Florian gleich im Krankenhaus besucht, um mich bei ihm zu entschuldigen, aber er hat nur abgewunken.«

»Ja, das sieht ihm ähnlich. Aber sie konnten ja wirklich nicht ahnen, wie sich der Fall entwickelte.«

»Natürlich nicht, trotzdem hatte ich ein schlechtes Gewissen. Aber Florian hat mir am Ende sogar gedankt.«

»Gedankt? Wofür?«

»Nun, er meinte, nur durch mich hätte er seine Traumfrau kennengelernt.«

»Das hat er gesagt?«

»Wortwörtlich, ich schwöre.«

»Hallo, hier kommt deine Traumfrau«, flüsterte Ivonne Florian eine halbe Stunde später ins Ohr.

»Traumfrau?«, murmelte er verschlafen und drehte sich auf den Rücken.

Die Nacht war eigentlich schon vorbei und die ersten Sonnenstrahlen kündigten einen schönen Samstagmorgen an, doch der konnte Ivonne im Moment gestohlen bleiben. Sie sehnte sich nach Schlaf, am liebsten an der Seite von Florian. Sie bettete ihren Kopf auf seine Brust.

»Erzähle ich dir später«, sagte sie und war Sekunden später eingeschlafen.

Ende

# Danksagung

Mein Dank für die Unterstützung bei diesem zweiten Krimi des ungewöhnlichen Ermittlerduos gilt ...

... meiner Krimischwester **Adele**, die sich erneut durch die gesamten Ermittlungen gekämpft hat und mir ein wunderbares Friendly Feedback gegeben hat.

... **Dagmar**, die noch eine Menge Fische gefangen hat.

... **Herrn Walter** (dessen Namen ich nur leicht verändert habe) für die ausführlichen und hilfreichen Antworten rund um die ECMO Geräte.

Vielen lieben Dank dafür!

Andrea

Andrea Hundsdorfer

**FINDE DEN FEHLER**

Wenn Ihnen, liebe Leser*innen, der 2. Fall gefallen hat, und sie wissen wollen, wie alles begann ... dann lesen Sie gerne den ersten Teil dieser Serie.
ISBN: 9783756231096

.